U0607076

翠微

漆宇勤 著

天津出版传媒集团

天津人民出版社

图书在版编目（CIP）数据

翠微 / 漆宇勤著 . –– 天津 : 天津人民出版社，
2021.5
ISBN 978-7-201-17123-4

Ⅰ . ①翠⋯ Ⅱ . ①漆⋯ Ⅲ . ①散文集－中国－当代
Ⅳ . ① I267

中国版本图书馆 CIP 数据核字 (2020) 第 268411 号

翠微
CUIWEI

出　　版　天津人民出版社
出 版 人　刘庆
地　　址　天津市和平区西康路 35 号康岳大厦
邮　　编　300051
邮购电话　（022）23332469
电子信箱　reader@tjrmcbs.com

责任编辑　李　羚
策划编辑　莫义君
特约编辑　张　帆
封面设计　西　子

印　　刷　天津兴湘印务有限公司
经　　销　新华书店
开　　本　880 毫米 ×1230 毫米　　　1/32
印　　张　7
字　　数　150 千字
版次印次　2021 年 5 月第 1 版　　2021 年 5 月第 1 次印刷
定　　价　45.00 元

版权所有 侵权必究

目录

CONTENTS

3. 诗意湿地

1.青山妩媚

草木间寻访水的源头

看青山的最初不是看山，而是看水，寻访一条河流的源头。寻访到后来，便弃河入山，到山岭草木间寻找水的源头了。

家住安源萍水头。

在京剧唱段里，萍水头可以被理解为萍乡安源的任何一个地点。

但当我想要寻找这条名叫"萍水"的河流确切的"头"时，却似乎犯了难。

过去很长一段时间里，我想当然地认为流过龙背岭的那条河就是萍水河，但后来我看到水系图上，小时候门前的那条河明明标注着福田河——它是萍水河的支流之一，往下游流着流着就汇入了萍水河。

我与一些朋友交流，几乎每个住在萍水河流域几条支流经过的村镇的人，小时候都曾自认为自己家门口的河流就是萍水河。这真是有趣的事情，一条河流被其支流养育着的人们反复错认。

有一天我突然想起来，喝着萍水河水长大的家乡人，了解自己的母亲河吗？

这个问题，很多人都不敢理直气壮地回答。我们在网络上、生活中反复征集和询问，没有一个人回答说真正全程走过了这条河流。绝大多数人，都不能准确指认这条河流和她的源头。不能不说，这是一件遗憾的事情。没有一个孩子真正去深入探寻过哺育自己的母亲河。

我们打算弥补这个遗憾。

这一次，我们打算用脚步丈量自己的母亲河，用最原始最淳朴的方式向一条河流致敬。

行走的第一步，是从查找资料开始的。

当我终于将滋养着这个城市的母亲河准确辨识出来，也第一次对这条河流的源头产生了兴趣。很显然，福田河的源头不是正宗的源头，麻山河的源头也不是，长平河的源头也如此，它们都只是一棵树木的枝条，不是树干。

地理书上说，萍水河发源于萍乡北部的杨岐山。作为一个门外汉，我对"发源"这个词语产生了浓郁的兴趣。涓流汇集而成河，一条河的最初发源之所，是一个泉眼还是一道溪流？这个作为源头的泉眼或是溪流又是否还有更深入更原初的源头？在中学课本里面，山里的流水来源最终都指向了树木的根系。那么，我们应该说萍水河的源头在杨岐山上那葱茏的草木根部？

水文学与人文学在这里显然就像溪流一样出现了分岔。

这个时候，看水终于成了看山。逐水的人探秘一般抵达了山林，抵达了生命与水流的源头。

我用了整整五个小时沿着地图上萍水河蜿蜒的路径溯着源头而去，终于在一个春日的下午来到杨岐。杨岐是著名的禅宗圣地，禅宗五家七宗之一杨岐宗就发源于此，在宋代曾盛极一时。这个说法是我常听也常引用的，但事实上我不得不承认，在更远的地方，我看到一些佛教名山介绍禅宗时只介绍临济宗、曹洞宗之类的概念，并未提及杨岐。文化之河的流转与水流之河有着高度的契合。典籍上说，禅宗五家之一临济宗在宋代分为黄龙、杨岐二派，与五家并称七宗。这就如同人类的宗族树，每个人都可能成为一个家族分支的始祖，但每一个始祖最终都只是另一个更古老始祖的无数子孙之一。我们甚至无法给它们找到绝对准确和清晰的脉络来进行命名。

按道理，杨岐由临济两派之一而兴盛称宗，自然应该作为一条支流线路明显地流淌下去。但《中国佛教史》又载："宋代，禅宗只临济一家弘传至盛，余家或绝灭，或衰败，但曹洞一家绵延至宋末忽臻隆盛，临济下的黄龙一派数传即绝，而杨岐一派乃复临济宗的旧称。"于是，杨岐宗这条支流等同于了临济宗这条干流，临济宗的历史成为杨岐宗发展的历史。一条分支出去的河流，流着流着又与主流融为一体，支流再次并回或者说取代主流。

从这个角度来讲，每一条河流都有着无限种可能。河流的成长毕竟与树木不一样，它的源流与树木的枝干正好反其道而行。我们都不会错认一棵树木的主干，但很多河流都曾有过被错认支流与主流、错认真源头与假源头的经历。河流从不计较这些，它只顾着顺从自己的心意日夜流淌。就像杨岐的源头是临济，临济归于禅宗，禅宗又要指向佛教的大怀抱，这样的归类法几乎可以消解后人一切崇高的阐释和宣传。但在这条文化的河流里，它们并不需要真正分出彼此，在信念的道路上汇流而行，目标明确但并不急切地永远走下去，就是出发之时最初最真的本心。

前面我们说到，对于一条河流源头和准确命名的指认，关联着某种可以消解崇高事物的归类法。这样的命题放到人类自身还会更显得惊心动魄一些。人类之于生物、生物之于地球、地球之于银河、银河之于宇宙，都只是一棵树木的枝叶，甚至仅是树叶上的叶脉或者某个绿叶细胞。这样的想法简直太让人难以接受了。一个人，只是一条河流的支流的支流的……支流。就如我小时候眼中的大河只是萍水河的支流，长大后被称为母亲河的萍水河，也只是长江的四级支流——对于长江来说，同样层次的支流太多太多了。

学水利的朋友告诉我，江西的五大河流是赣江、抚河、信江、饶河、修河，没有萍水河。萍水河只是这些大河的不连贯的支流而已。不不不，萍水河甚至称不上五条大河中任何一条的支流。萍乡中部偏东较高的地势，成为洞庭湖水系和鄱阳湖水系的分水岭，这也造成了一城之水各奔东西的景象。萍乡市主要河流有五条，其中袁水、莲水流入赣江，东奔鄱阳；而萍水、栗水、草水注入湘江，西去洞庭。萍水河外向，胸怀到更广阔天地看一看的理想。

为了探寻这条外向的河流的源头和她流经大地的人文自然，我们在2019年的秋天完成了对她的一次深度亲近。

就是在这一次深度亲近的过程中，在萍水河溯源至杨岐山诸多溪涧中无法详知的一条之后，我没有继续去探寻。这众多的毛细根都是萍水河的根系，至于哪一条延伸到了最远，已经不重要了。甚至，萍水河究竟是如水利资料中所说"发源于宜春"，还是如人文资料中所说"发源于杨岐山"，也不是一个非此即彼的问题。

我沿着萍水河溯源，无论从哪一条河道持续往上，无论是直接经由杨岐山下还是辗转宜春再往上，由大而小的河、溪、沟、涧，都连通到了杨岐山麓那苍茫的群峰、多变的山谷。

站在山上，我的视线不断拉远，在空间里延展，也在时间里延展，不能不遗憾地看到我们的萍水河已经不知不觉间变瘦变小，她失去了很大一部分丰腴之水。水流的减少不是一夜之间完成的，一条河流立体和纵深关联着的一切都无法幸免，也都没有独善其身。

这条河流的源头，依旧在杨岐山麓汩汩流淌；这条河的八条支流的源头，也依旧在各自源头的山岭沟壑间汩汩流淌。但流淌得有些孱弱，有些小心翼翼。仿佛从一出发，萍水河便少了几分气势。尽管一路收拢着仅存的旧部属，也壮大不起声势来。

我追寻着这条河流孱弱的缘由，回到了山岭间。可是山岭似乎也只能面对着我的追问张着嘴巴说不出话来。源头也在追寻自己的源头。

一切的指向最终回到了草木。回到了山上的草木，回到了沿河两岸往外延伸的草木，回到了河流之下的草木。

涵养水源。这只是一个守中持正的词语，但若细细去咂摸，却能品出太多不同寻常的味道了。漫长的岁月里，古老的山、众多的树，替我们收藏、收纳、守护着涓滴之水，如同一个兢兢业业的管家，计划着每一次的收支，保持着从山上往下的河谷里一派丰盈清亮之景。

河流的梦想，着落在了山岭和森林肩上。那记忆里回不去的丰沛河水、清澈河水、甘甜河水，必须依靠葳蕤的草木、茂盛的森林、苍翠的青山来慢慢挽回。

杨岐苍茫

关于水源的寻访，最终落脚点，我们落在了杨岐，那苍莽的崇山峻岭间，那氤氲文脉浸润的山林间。

这座位于萍城以北 25 公里上栗境内的山，曾有过很多别名：在汉曰漉山，魏曰翁陵山，唐曰杨岐山，而安陵山等其他一些别名也同时存在。《水经》里面说："漉水出醴陵县东漉山，西过其县南。今曰杨岐之萍川水，正从醴陵东流来，西迤其县。"《水经》是古老的著作，在两汉时期，上栗地区还属于醴陵管辖，所以表述的方位以此为坐标。

漉山，就是杨岐的古名。位于赣西上栗的杨岐山，从地图上看，位置在醴陵城正东，所以《水经》里这么说。魏朝郦道元的《水经注》也记载："醴陵县南有渌水，水东出安成乡翁陵山，漉渌声相近，后人以渌为称；翁陵为异，而即麓是同。"从这些记载我们可以发现，汉代时所称的漉水，到魏朝时已将字形改写为"渌水"；漉山，则改名为"翁陵山"。所以我们可以知道，杨岐在魏朝时被称为翁陵山。明代《一统志》对此进行了归纳："安陵山，即翁陵山转音，而谓漉山、翁陵山、安陵山者，皆杨岐之古名或别名也。"

至于为什么这众多的名姓统归于了杨岐，从一句古诗也许可以看出一点端倪。

"杨朱泣岐路，墨子悲染丝。"三国时期诗人阮籍的一首怀古诗道出了有关杨岐山的一段传说：战国时某日，有位名叫杨朱的哲学家路经翁陵山，只见山深林密，山道崎岖，面临歧途可南可北，一时竟不知往何处去。堂堂大学者由此想到人生中的一些道路选择，竟一时无措，泣泪如流。

杨朱失路，杨岐扬名。这一哭，竟哭出个"杨岐山"的美名来。

这座山的风光也对得起它的名声。这里层峦叠翠，四时秀色，气候宜人，以峰峦之旖旎，岩石之突兀，溪涧之蜿蜒，云雾之掩映吸引着人们。在本邑前辈文人的记录和描摹中，杨岐素有"二十四景"，成为古今游人慕游之处。

我生也晚，没能亲见杨岐山上那子午时分各准时喷涌一个时辰的子午泉，只能从一些前人的诗文记载里想象其中的神妙。作为杨岐山下的居民，方竹倒是见得不少。

不过，关于杨岐山的文献里记载里最多的，还不是这景物风光，不是子午泉或方竹，而是杨岐山上一座平常味道的寺庙。这寺庙甚至连名字都有着家常的随性味，就叫普通寺。但这普通寺却是禅宗的祖庭之一，在这里发源命名和流播繁衍了禅宗历史上一个重要的宗派——杨岐宗。

宋乾兴元年（公元 1022 年），30 岁的僧人方会来到地处赣西的杨岐山弘法。他将杨岐山上肇始于唐代的广利寺改名为普通寺，从此举扬一家宗风，创立了名扬天下的杨岐宗。方会也因此被人称为"杨岐方会"。

我们已经知道，达摩东渡让佛教与中国文化精神结合了起来，而六祖慧能则开创了"纯粹的中国化佛教"。随着符合南方士大夫心理需求的禅宗流派主张的兴盛，过去需要念经、苦修、出世、枯坐的修行进一步切合了士绅们求简的心理。现在，他们可以灵机一动、心念一起，在顿悟中轻松地进入某个境界。这样一来，禅宗就具备了某种文艺性和趣味性，加上其本身所有的神秘性与玄妙性，形成了一种智慧、思辨的外在呈现。

当更多读书人参与其中之后，禅宗内部的交流、传播也有了读书人的影子，他们更多地用棒喝、隐语、动作、手势等方式打机锋、辩体悟，蔚然成一股自由活泼的禅风。而禅宗历史与细节的记载、传承，也更多地以所谓公案的方式出现。

在唐宋时代，禅林各大宗师多以近似诡辩的奇异言行和峻烈棒喝显示玄微，而方会的表现却平实无华。他不拘泥于在语言上下功夫，强调禅的直观修炼，主张"随方就圆""有马骑马无马步行""杨岐无旨的，栽田博饭吃"。一次，有人问方会：“雪路漫漫，如何化导？”方会答：“雾锁千山秀，迤逦向行人。”就是说不必墨守成规，可视具体情况灵活运用。

在方会看来，禅宗主要靠“立处即真”的自悟，他说：“立处即真，者里领会，当处发生，随处解脱。”因为“一切法皆是佛法，佛殿对三门，僧堂对厨库。若也会得，担取钵盂拄杖，一任横行天下。若也不会，更且面壁”。

不过，这个方会在自己的修行原则上，却并不怎么“随方就圆”“灵活变通”。他在管理寺院库房期间，工作时点着庙里的灯，到了晚上个人诵经参禅时就点自己的油灯，生怕侵占了公家的利益。对于寺院管理，这个年轻的僧人也是严密细致、合情合理。管理细节具体到了对于寺院灯盏的点燃、添设等方面，如佛前长明灯由香灯师精心照看，寮房用灯则要求按时点燃与熄灭，做到合用、节约。他这种爱护寺院公物、公私分明的嘉德懿行，被传为佳话。由此，还衍生了佛门中那副著名的对联：杨岐灯盏明千古，宝寿生姜辣万年。

即便作为一个怀疑主义者，我依旧愿意相信这则故事一定有其事实根基。它的朴实与其他很多我认为存疑的“公案”有着截然不同的风格。

现在我们看到的那些充满玄机、通过禅师看似毫无关联的一言一行而引人顿悟的故事，无疑绝大多数都完美体现了哲学与语言的多种出路、多种解读，也完美体现了禅宗的优雅智慧。但是，请原谅我的愚钝与放肆，在翻看那些泛黄的禅宗公案时，有时候我也会不自觉地涌起某种大逆不道的想法：禅宗文献中有少数公案机锋很可能是在耍无赖。面对不好回答或无法三言两语解决的问题，大家都是聪明人，知道选择最聪明的办法，王顾左右而言他，或者哈哈一笑就过去了。至于这与问题本身风马牛不相及的言语举止是否被提问者或旁观者解读出让人顿悟的高深启示，就用不着管那么多了。

当然，或许，在另外的语境里，哈哈一笑就放过，本身就是一种禅思的表达？

杨岐灯盏明千古的公案与那些类似脑筋急转弯的机锋问答公案风格完全不同，它用最简单笨拙的故事表现一个僧人的道德水准与管理能力。或许，正因为有了创始人的这种道德水平与管理能力，杨岐宗从一开始就做到了综采各家之长，融会贯通、除弊布新，最终在禅宗诸多教派中脱颖而出，独树一帜。

经过唐宋两代的发展，作为浸润着中国思想、中国文化的宗教流派，禅宗已经发展到了包含五家七宗的局面。五家即临济宗、沩仰宗、云门宗、法眼宗、曹洞宗。临济宗至宋代分黄龙、杨岐二派，以此二派加上五家，合称为七宗。但《中国佛教史》载：宋代，禅宗只临济一家弘传至盛，余家或绝灭，或衰败，曹洞一家绵延至宋末忽臻隆盛，临济下的黄龙一派数传即绝，而杨岐一派乃复临济宗的旧称——临济宗内的黄龙宗传承数代即灭绝，杨岐宗等同于临济宗，临济宗的历史成杨岐宗发展的历史。

从普通寺出发，杨岐宗术法流传，法流繁衍，遍布各地。仅在江苏、浙江一带，镇江金山寺、扬州高旻寺、常州天宁寺、天目禅师寺、宁波天童寺、杭州灵隐寺、苏州虎丘寺等，都是杨岐法系。据《续指目录》记载，自南宋至清代康熙初期，共有高僧大德者710名，其中杨岐宗弟子就占了470名。《中国佛学名人词典》记载中国十大佛教宗派的传承中，所占篇幅最大的是杨岐宗。杨岐法系传人中，既有众多知名禅师，也有官至明朝宰相的张商英、姚广孝、袁了凡和一代名臣林则徐等官宦，还有赵孟頫、石涛、八大山人、弘一等文化名家。

同样从普通寺出发，杨岐宗法还在异国繁衍昌盛。据说，唐宋开始，从日本到杨岐参禅的僧人就接踵而来，使得杨岐宗在日本大为兴盛。当时日本有24派禅宗，杨岐宗独占20派。第一个来中国求杨岐佛法的日本僧人是珠光，他比《辞海》里所讲的俊芿、圆尔辩圆两名禅僧来华求法还要早几十年。

可以想象，"遣唐使"一次次从日本海岸扬帆起航，一次次从中国返回日本，随之回去的除了一箱箱见所未见的物件，更有一桩桩闻所未闻的故事。那些物件与故事的产生地中国，让无数日本人怦然心动。作为僧人的珠光决定：到中国去学习佛法！

历经千艰万险，非止一日，珠光终于抵达中国。左寻右觅，既虔且敬，他终于拜得杨岐宗第四代传人佛果禅师为师。在杨岐山丛林掩映的寺庙里，在杨岐山暮霭晨曦的笼罩下，珠光在宗教文化的感召下克服了语言、生活、学习上的重重困难，日益精进，最后获得佛果禅师的"印可"。

学成之后，珠光带着师傅佛果禅师手书的佛理阐释以及"茶禅一味"的书法条幅满怀欣喜地坐船归去。可以想见，一路上他曾若干次设想回到日本后如何弘扬杨岐禅宗。很不幸，就在他的船快要靠岸之时，飓风覆舟，一船人无一生还。这个意图将杨岐灯盏传承到日本的珠光，最终成了殉道者。

文化的交流从来都具有往还的交互性质。除了主动来杨岐参禅的日本僧人之外，宋元明三朝，也有不少杨岐宗传人远赴日本弘法，其中主要代表者有南宋的兰溪道隆禅师，日本朝廷尊称他为"一山国师"；有明代的隐元隆琦禅师，他在日本建了黄檗山万福寺，日本朝廷尊称他为"大光普照国师"。

这种法脉流传，与一棵树不断长出新枝叶、生出新根须，有着高度的异曲同工之处。繁盛于名山之中的宗教，与包围着它的青山、翠林有了相同的气息。

事实上，在杨岐山，在普通寺，确实有那么一颗真实的树木，柏树。据说是唐代的时候杨岐佛教的开山祖师种下的。

到宋代杨岐宗大放光芒、普通寺变得不普通的时候，这棵柏树已经几百岁了，它枝繁叶茂，在杨岐山上暮鼓晨钟念诵经书的小沙弥眼中，足以称得上是祖师的圣树。此时，杨岐方会早已圆寂。在筚路蓝缕来到杨岐之初，方会可能没有想到自己开创的这一宗派会绵延成为一条辉煌的文化之河，让杨岐灯盏流播久远。

就像几百年前的乘广禅师，可能也没有想到自己随手种下的一棵柏树会成为普通寺内一道神圣的风景。

现在我们已经知道，让杨岐之名走向鼎盛、辉煌的方会并不是杨岐宗教文化的肇始者。在此之前，杨岐的佛教传承自唐代就已经开始了。当年，乘广、甄叔两位禅师在这里开山建寺，辗转传承。开山建寺与种树造林并使它保持根系绵延、植被广袤有很多相似之处。乘广禅师种下了那棵柏树，却没有为它留下一本足够清晰的纸质族谱，导致后来众说纷纭。有弟子说，因为老禅师到达杨岐建寺时就种下了这棵柏树，所以称为到栽柏；也有弟子说，因为老禅师当年用了莫大法力将一棵柏树枝梢朝下栽种成活，所以称为倒栽柏。抵达后种下一棵树，这种行为对于向来看重仪式感、纪念感的宗教徒来说，当然是极有可能的事。而柏树作为一种可以扦插成活的树种，在南方湿润气候中的杨岐山，倒插在泥土里成活，似乎也并不是不可能。

弟子们的说法莫衷一是，时间越往后，根系越往远处延伸，也就越难得出一个准确的结论。

但事实上这个准确的结论并不重要。只要那棵树在那里，那棵树还在以第一代祖师的目光注视着青灯黄卷，注视着杨岐山的云卷云舒，就足够了。

唐贞元十四年（公元798年），乘广在杨岐苦心经营四十多载后圆寂于此。他的弟子们在寺庙右侧用石头垒砌兴建了乘广禅师塔。石塔建成9年之后，一个名叫还源的弟子又请得乘广禅师生前好友、著名诗人刘禹锡提笔写下了洋洋千言的碑文。这篇《唐故袁州萍乡县杨岐山禅师广公碑文》由刘禹锡创作并书写好之后，又由他的兄弟刘申锡细心碑刻，于唐元和二年（公元807年）5月立于乘广禅师塔下。

撰写碑文的时候，刘禹锡正贬谪朗州司马，离杨岐山有千里之遥。还源和尚不辞辛劳，翻山越岭、走州串府终于找到了刘禹锡。看着这个僧门好友的传人，刘禹锡无比感动，在痛惜中再一次想起自己与乘广禅师交往的点点滴滴，最终行诸笔下。

刘禹锡与乘广禅师的友谊并不鲜见。翻看文献，我们可以看到无数文人与僧人保持着友好关系，诸多文人留下过与僧人的唱和之作或者是碑铭。

这真是有些奇怪的事情，文人自做着他的官，僧人自参着他的禅，怎么会有如此频繁而普遍的交集呢？为什么天下名山僧占多，而天下名士又多与僧人友善？或许，这是因为文人喜欢寻山问水，很容易进入有文化底蕴、有人文气息、有历史年头的寺庙。而深居寺庙的僧人中往往又有惊人的睿智之语，让文人与其接触中大有收获。这种情况，在禅宗兴起之后尤其如此。也或许，这是因为古代历史上的文人们大多失意，这个时候自然很容易向佛门寻求解脱和寄寓。而僧人的超脱，又让文人觉得向往与羡慕却求而不可得，于是便经常往来。再或许，是因为僧人少了利益纠葛，让陷于仕宦人际纠葛中的文人在与其交往中觉得放松、畅快。

我忘了重要的一点，过去的僧人，往往也是个文人，当时的僧人中能诗善文者还真不少。

于是，文人与僧人由访客与接待者逐渐演变成了文朋诗友，再成为亲密好友。这两者之间的交往情谊，最终借助能够长久留存的寺庙建筑与诗文著作留存了下来。

松下问童子，这是进山的文人与隐士之间的交往。而寺僧，有没有另外一种隐士的感觉呢？都是在山里，都是聪慧者，都是与清风林木为伴，都是了无牵挂……

青山与绿树，见证了一批又一批文人与僧人发生在山里的故事，记录了一次又一次文人与僧人在林下的对谈。

说来奇怪，这个赣西萍乡的小地方，与宗教的渊源却颇有些来头。在这里，道教文化渊源可以回溯到近2000年前。

诸多或真或伪的文献都说道，中国道教重要流派丹鼎派的开创者葛玄、葛洪在三国、东晋时期就于萍乡武功山修道炼丹。至今，在武功山金顶处，还保存着三国东吴初年始建的四座花岗岩古祭坛。葛玄自己还写了《丹成颂》，述其修道炼丹的艰辛："流珠流珠，役我形躯。奔驰四海，历览群书。经久不悟，维思若愚。焚遍金石，烧竭汞珠。"唐代袁皓也写诗记述这段故事："一洞二仙共炼真，功成九转各神通。"

与佛教禅宗的渊源就更不用说了。当年六祖慧能往下，禅宗传至南岳怀让和青原行思，分称"南岳系"和"青原系"。南岳系下传马祖道一，主江西；青原系下传石头希迁，主湖南。双方弟子互串师门辗转求法，一时成为盛况，禅宗史称"走江湖"。唐宋时期，走江湖往返于湖南、江西的云游学僧不计其数。

除了杨岐的禅宗之外，萍乡还有一个名叫释惟则的僧人在宗教文化中也曾大放异彩。这个自号天如的元代僧人，倡导禅净双修，晚年在门人支持下创辟了苏州名园狮子林（初名师子林）。他曾与元曲家贯云石、阿里西瑛过从甚密，优游唱和于杭州。狮子林建成后，又与倪瓒、高启等文人名士园林聚会，吟诗品文。不仅如此，他自己也擅长诗文，著有《师子林别录》《天如集》《高僧摘要》等。

宋代杨岐禅宗盛极一时的那段年岁，四方朝拜者络绎不绝，一时象马交驰。因杨岐山处于离县城数十里处，一日往返交通不很方便，位于市区的宝积寺也自然就成为海内外僧俗朝礼杨岐禅宗祖庭挂锡之地。

北宋崇宁元年（公元 1102 年），江西诗派的开创者黄庭坚来萍乡探望在此担任知县的兄长黄大临。探亲之余，自然免不了寻幽揽胜。来到这个名叫宝积寺的地方后，他与寺庙住持一见如故，一时文人僧人相谈甚欢。聊到后来，黄庭坚欣然运笔，题写"德味厨""八还堂"匾额，还兴致勃勃地在寺院大殿前栽下一株罗汉松。意犹未尽，第二年冬天，黄庭坚又撰写了《宝积寺记》，盛赞寺庙的同时，对仅仅一次游览就结下友谊的寺院住持给予了高度评价。

释惟则与文人、刘禹锡与僧人、黄庭坚与僧人之间的友情并非孤例，如果我们愿意，可以信手拈来一长串名字：李白、苏轼、郑板桥、刘长卿……无论是仕途不顺的文人以其清高与僧人的枯寂达成共鸣，还是春风得意的文人以其闲适与僧人的豁达形成互动，一段一段的友情最终在诗文唱和中得以永存，一个一个的故事最终在岁月里得以流传。

这些文人与僧人的素淡交往，为禅宗文化增添了更多亮色，也为禅的灯盏代代传承增添了温暖和文字的印证。

清风吹过五峰山

　　黄庭坚在萍乡的僧人朋友非止一个。除了在宝积寺留下匾额、种下禅松之外，他还曾专门写诗送自己多年的朋友密老禅师从宜春崇胜寺去萍乡五峰山担任某个寺院的住持。

　　将立体的卫星地图缩小，我们可以发现，杨岐山——五峰山——武功山实际是相连的。往大里说，它们都是罗霄山脉的一部分。似乎当年造山的力量，在赣西地区产生了某种波动，挤压、褶皱、隆起，有的高扬、有的低伏。到了江西最西边时。它的再一次隆起，海拔也仅仅是 644 米而已。这位于赣西以西的几次参差隆起，就成了 5 座海拔 600 多米的小山峰。乡人们务实，用最简单的方法给它整体命名为五峰山。

　　可能因为处于湘赣交界处的缘故，似乎很少有哪座山经历过五峰山如此频繁的地域隶属更迭：春秋战国时，五峰山是典型的吴头楚尾，今天属楚明天属吴；秦、汉年间五峰山所在之处算荆州之地也算扬州之地；到了南宋以后则或湘或赣；甚至新中国成立前后都还先后三四次变更过属地。

这是一座有太多故事但养在深闺人未识的山。林业部门在此专门设立了五峰林场，山中森林面积五六万亩，古木参天，生机勃发。我在一个山花烂漫的季节来到这里，温柔的清风吹过竹梢，吹过我的脸庞，仿佛带着若有若无古老的气息。这座层峦叠翠的山峰在春天最有意蕴，或晴或雨，满山的野花开遍，天然的淡雅之香弥漫整个山头，也迷醉了每一个来五峰山踏青赏玩或是拜佛求神的人。

但到五峰山去，并不仅仅看它的秀丽风光。到五峰山，我们去访古，听山上数量众多的寺庙讲述历史悠悠；到五峰山，我们去听风，听清风吹过的五峰山讲述诗意绵长。

北宋崇宁元年（公元 1102 年）3 月，也是一个春天，著名文学家、书法家，盛极一时的江西诗派开山之祖黄庭坚从家乡出发，向西，往萍乡行去。年已 58 岁的他此行主要是去看望自己在萍乡任县令的兄长并游历一番。经过宜春时黄庭坚在广慧道场短暂寓居，在那里他见到了自己多年的朋友密老禅师。此时密老正打算从宜春崇胜寺去萍乡五峰山担任某个寺院的住持。于是，访兄送友的事情便合并在一起来做了。一路行来，黄庭坚将密老送到五峰山并游览一番后，写下了《送密老住五峰山》：

我穿高安过萍乡，七十二渡绕羊肠。水边林下逢衲子，南北东西古道场。

五峰秀出云霄上，中有宝坊如侧掌。去与青山作主人，不负法昌老禅将。

栽松种竹是家风，莫嫌斗绝无来往。但得螺蛳吞大象，从来美酒无深巷。

清风吹过，往事已有近千年，密老和尚当时住持的是五峰山上哪座寺院，现在已经很难考证了——毕竟，北宋时期的五峰山，山上寺庙太多太多了。这里的寺庙取名都很直接：根据寺庙群所在位置不同，山顶的就统称顶庵、山腰的就叫中庵、山脚的则统一称为脚庵。古诗说，南朝四百八十寺。可不止，五峰山这么一座赣地西陲的小山，相传仅仅脚庵的寺庙群最多时就达48座：水府庙、葛仙庙、孝仙庙、东岳庙、赵公庙、龙王庙、麻衣庙以及建于隋炀帝大业年间的圣忠寺等等。除了脚庵的寺庙群之外，五峰山还有山后石仙庵，山左龟峰庵，山右弥陀庵以及山腰的福寿庵与山顶的五峰古寺等。如此多的寺庙集中在一座并不算雄峻的山峰之上，确实让人惊讶。

福寿庵始建年代已不可考。当地农民口耳相传的故事里，福寿庵中有两尊佛像是用武王伐纣时缴获的"铜炮"制作的，后人多以为不可信。事实上，由于强度、熔点等问题，古今没有哪个国家用铜做过炮。佛像当然也不可能是"铜炮"制作的。但如果我们对当地方言稍作分析的话，就可以发现，"铜炮"一词很可能就是萍乡方言习惯性对"铜柱炮烙"一词的简读。

要知道，在远古时期，五峰山所在之地正属于长江流域以蚩尤为首领的三苗九黎部族，在传说中的黄帝画野分州时，萍乡就被划属九州之一的扬州。《战国策·魏策》载："昔者三苗之居，左有彭蠡之波，右有洞庭之水，汶山在其南，而衡山在其北。"这三苗部落的先民们，跟随蚩尤带领的三苗部落联盟北伐，在中原地带与黄帝带领的北方部落进行了一场涿鹿之战。这场神话色彩浓郁的战争因年代太过久远，很多细节都变得模糊不清了。战争的最后，蚩尤战败被俘，剩余的队伍退回了南方。此后，尧、舜、禹征伐三苗的战争，前前后后又进行了100多年。直到大约4000年前，这场持续百年的战争才在大禹手中最终结束。三苗部落联盟从此土崩瓦解，但不少部落都改头换面在各地传承了下来。这些原三苗部落联盟的成员后来又成了参加武王伐纣的西南夷八国——庸、蜀、羌、髳、微、卢、彭、濮，只不过他们这次没有统一打出"三苗"的旗号。牧野之战，武王正是以这些强悍的三苗后裔为前锋。战争结束后，一部分参与征战的三苗后裔没有再返回西南，而是从朝歌回到了梦萦千年的故土——萍乡等原三苗部落联盟聚居地。

如果从这个角度讲，用跟随武王伐纣时缴获的"铜柱炮烙"铸造成神像，供奉在五峰山上的福寿庵，这在当时却是极有可能的事情。

此后经风沐雨，五峰山上的福寿庵走到了唐代。这个时候正是佛教发展的鼎盛时期，福寿庵也得以扩建。因为扩建后寺庙占了七块田地的面积，当地百姓又称其为七丘田福寿庵。此后又是千年风雨无情，寺庙建筑兴毁数度，最后于清乾隆二十五年（公元 1760 年）再次重修。在福寿庵门前，被乾隆称为"江西大器"的萍乡文人刘凤诰留下了一联："梵宇起平腰，万千翠峦齐俯地；后峰凌绝顶，九重碧落不知天。"而从庵门左侧沿小路而下，有一片茂盛的方竹林。这种被山民们赋予神秘传说色彩的独特方竹竹茎与普通竹木不同，上圆下方，形同竹筷并长有细小荆刺，据说每年可萌生三次竹笋。

五峰山是一座诗意的山。除了黄庭坚之外，民间传说里，唐代诗人贾岛也曾在一个春天来到过福寿庵，观山游水、拜佛访古。我想，这一天贾岛肯定也迷醉在了这座历史悠久的小山之中，迷醉在了那参天的古树和漫山遍野的映山红之中。最后，他流连数日，才终于在微雨霏霏中一步一凝眸地离开。至今，山寺里还悬挂着"有贾岛来"的牌匾。当然，考究贾岛的行踪，似乎找不到明文记载他曾抵达过这赣西湘东的地域。

如果"有贾岛来"是五峰山的山僧或山民拟喻或虚构，

那么我们就不得不更加佩服这座山、这座寺的风骨了。它不攀附帝王权贵，却选择了亲近诗文的风雅。仿佛这五峰山群山之间的植物，都沾染上了诗意和文韵。

五峰山顶的五峰古寺至今尚存清代著名才子刘凤诰为其题下的门联，残痕依稀可见：天空峰列五，问此中门户，参透为谁？慧佛由来传密老；寺外树盈千，历无限霜雪，坚贞乃尔，灵根或恐是菩提。

有这么多的文人雅士如此厚爱，五峰山也算是一座幸运的山了。但是，五峰山同时又是一座经历过太多劫难的山。史料记载，元末农民军欧普祥经长沙攻江西，五峰山等地是他们进入江西的第一个主战场，福寿庵等寺院因此被付之一炬；清崇祯十六年（公元1643年）十一月，湖南矿工刘新宇率众攻入萍乡，至宜春相持半月不下，在退回攸县的路上前往五峰山放火，寺庙再遭劫难；清顺治四年（公元1647年），清将全声桓与明将黄朝宣交战，黄朝宣部踞守五峰山9个月，兵败被杀，五峰山寺庙多数被毁；清咸丰、同治年间，太平天国的军队与湘军霆字营在萍乡厮杀十一年，进进退退，烧烧杀杀，五峰山上的建筑几乎被毁。

可能也正是在这数不清的战火劫难中，福寿庵的"铜炮"神像已经不知所踪，而五峰山上的诸多寺庙也大都不见了踪影，仅留庙址踪迹和重新修复的少数几座古寺，传递着历史的声声。对这些经历过的辉煌和苦楚，五峰山不言不语，任清风拂过山岗，翠竹青松飒飒作响，留给世人淡定安详的身影。

只有五峰山上的树木，烧了又长，毁了又生，始终保持着青翠，维系着一片山岭的尊严。

是的，青翠的草木是一片山岭必备的尊严。

罗霄武功

　　五峰山遭遇战火，是因为它的地理位置，也因为它的高度。它不低矮，所以适宜作为战略阵地；它不够巍峨，所以不至于成为绝对的地理阻隔。

　　被五峰山遥遥仰望的武功山就不一样了。它也遭遇过兵刀之灾，但战斗只在它的山脚或者它延展出去的半山次峰中展开。至于主峰的山顶，没有战火，只有人与天地交流沟通的香火。因此一直到几十年前，武功山的原始森林、原始次生林都还在；一直到现在，武功山顶的古老建筑都还在——它们只毁于自然风雨之力，没遇到过战火的毁坏。

　　这一切的原因，可能都是因为武功山太高了。1918.3 米的高度，在完整处于江西境内的所有山峰中，它是首席，是顶部，是最高峰。当然也有其他山岭的主峰比武功山的金顶海拔要更高，但那些山岭都在边界，不完全属于江西，就像一个籍贯不详的名人，好几个地方都可以说成是自家的高峰。

　　武功山不一样，它完整地属于江西，可以光明正大理直气壮地推出去介绍：喏，这是我们家的高个子，请多关照。

在赣西访山，自然不能回避这出落得清秀又伟岸的武功山。

江河以其多变让沉浸其中的人时时觉得新鲜，山岭以其庞大让深入其中的人处处觉得新鲜。这是山川之美给予每一个不厌其烦亲近自己者的回馈。

武功山不是一座显赫的山峰。在当下众声喧嚣的旅游胜地里，这座山与诸多名山还保持着某种距离。十年前，《中国国家地理》评选出中国十大"非著名"山峰，武功山很欣然地成为了其中之一。它对"非著名"这个称谓很是受用。

不著名的武功山现在每年敞开怀抱，接纳寻幽访胜的 200 万名游客；不著名的武功山正好以更加随和的姿态，欢迎来自天南海北用脚步丈量山水的驴友。对于这些背负着帐篷与炊具的自然主义者，武功山表达出了最真诚最随和的善意。

这种善意，与它三百八十多年前对那个上山看日出的中年人表达的态度完全同样。

那是公元 1637 年，明王朝，50 岁的徐霞客在正月一个天寒地冻的日子里来到了武功山。此前，他从 26 岁开始真正离乡背井游历山河，20 多年背着行囊寻访名山大川，已经见过太多太多壮丽的山水，审美疲劳肯定是有的，一般的风景已经无法激发他的赞叹。但是，面对武功山的奇峰绝景，徐霞客在山区整整活动了十天，忍不住写下了将近 7000 字的精彩游记。他在文中感叹："薄海内外，无如赣之武功山。登武功山，江南无山，观止矣！"同时还留下一首诗，几百年过去，读罢仍令人顿生神往之思："千峰嵯峨碧玉簪，五岭堪比武功山。观日景如金在冶，游人履步彩云间。"

为了看日出，他在山巅金顶的道观茅庵中住了一晚。可惜，这个晚上一直都是浓雾弥漫，徐霞客没能真切看到夜色里的武功山。

我比徐霞客幸运，这么多年来，我一再迷醉于武功山的微雨之夜、明朗之夜、迷雾之夜……

找个下午的时候去爬山，登山者一步步慢慢朝着山上走，时间也在一点点缓缓朝着傍晚走。接下来你便可以接递享有暮色四合、夜幕笼罩、星光垂落、熹微初露的武功山夜色。

武功山的夜是迷人的，适宜恋人依偎，看云卷云舒，天高云淡。山高处似乎夜晚也来得更迟一些，傍晚到入夜之初的时段，恋恋不舍的阳光依旧从遥远的地方斜透过云层，将天空照得通透。此时的整个世界仿佛都是纯净的，童话般的景象在抬头处就可以看到。古人说"恐惊天上人"，到了这夜晚的高山，其实也用不着高声语，喧嚣过尽，现在我们可以喁喁细语，透明的时光里缓慢地抒情。

武功山的夜是醉人的，天空澄明，四野安宁。这夜色笼罩的高山之上，饮酒只宜浅尝，喝茶却可慢饮。伴随一大杯温热的汤水，可以繁衍出一长串醉人的话语。月亮有时候隔着薄云，有时候干脆特写镜头般将皎洁的圆盘直接推送到你眼前。这澄明的夜晚让山顶上席地而坐的人也变得安详下来，仿佛有一些什么在不自觉中被放空。即使有风吹过，草木大幅度地摇摆枝叶，也并不会破坏这夜色里的沉静。在山下曾困扰你的浮躁现在已经不复存在，你不再端着身段，不再瞻前顾后，纯粹的时光里沉醉于自然之美。

武功山的夜是醇厚的，山的怀抱包容或包孕了所有的光影、声音，以及所有的生命。灯光的退位让远离尘世的高山之巅回归古人在夜晚的感触。往远处看去，起伏的山脊现在已经隐没；往近处看去，葳蕤的花草现在已经匿形。一切都融入了夜色，一切都只是夜色的一部分。这么多事物添加到了夜色里，武功山的夜晚顿时变得有些酽酽的感觉。静默和黑暗覆盖之处，显得幽深、厚重，像浓缩成浆的陈年老酒。神秘的时光里，我们回归水中之鱼、空中之鸟，久违的天性重新笼罩肉身。

也不是什么声音都没有！即使在海拔将近2000米的山上，虫鸣依旧不会缺席。除此之外，享受夜色的人也不甘于寂寥，草木芬芳氤氲在夜色中，我们不知道为什么就说到了山峰地理，说到了脚下这座山。

在我们中学的地理课本里面，横亘在湘赣地区的那条罗霄山脉，似乎颇有些名气。据说，山脉的命名基本上都是依据其主峰或最主要的山岭名字派生出来的。无论是太行山脉、秦岭山脉还是武夷山脉等等，都有一个同名的主山。但罗霄山脉的主山在哪里呢？我的地理老师没有告诉我，连篇累牍的网络资料也没有告诉我。现在，眼前这座山在我们的一次深夜交谈中点拨了我。明代的《武功山志》和《天下名山志》以及明代以前的诸多诗词文献都记载，武功山称为"兹山"或"罗霄山"。在那漫长的历史里，旧书上的"罗霄山"大都直指"武功山"。

原来，我们夜色里所枕着的这一脉山岭，就是大名鼎鼎的罗霄山脉得名之所罗霄山。想到这些，我们便兴奋不已，似乎打捞起来一段被夜色吞噬的记忆。

等到兴奋的人平静下来，远远地又传来娃娃鱼怪异的叫声，在这浓黑的深夜顿时平添了几分神秘和悚然。

幸好，在这山顶，还有着千年的古祭坛群，道家沟通天地的神通又让夜色里的人们多了几分安宁与平和。

与所有的灵秀之山同样，武功山远自汉晋起就被道佛两家择为修身养性的洞天福地。香火鼎盛时期，山南山北建起的庵、堂、寺、观多达100多处。这不同的文化共融于这座体量巨大的山脉，彼此相安无事。1800多年前，丹道在这山上留下炼丹飞升的印记；1700多年前，至今尚存的祭坛在这山上刻印了江南古代的祭祀文化。在这之后，唐、宋、明三代的佛教文化和建筑，点染着山间的幽谷。

这真是有意思的事情，就如这白天被人类主宰的天地到了夜晚就更多地属于隐藏于暗处的虫豸，一座山上道观佛寺频繁交互易主。而佛道宗教文化的昌盛，又让名人学士心向往之，陶渊明、陶弘景、袁皓、黄庭坚、陆游、杨万里、文天祥等人均曾登上武功山，在灵山秀水间留下诗文，宗教、人文、生态，形成了某种互文般的关系。

前人说，这天地间只是人类的暂居地。仿佛所有建筑都是天生，借人手建成，任何一个建筑都不曾被当代人真正拥有过。就像这江南的大山，天地间最高深的大义在此回响一小会儿，然后就离开，换一种声音在此绕梁，或者干脆几种音调同时在此发出声响。也好，这世间的山水没有固定的主人。

或许，也正是在这主人交替的过程中，一座山便拥有了不同的小名。民间传说里，三国时期一个叫罗霄的幕僚屡屡协助东吴荆扬牧诸葛恪立下战功，被吴帝孙皓封为安成郡太守。而史料记载，也恰恰是这个孙皓，在公元267年设立了萍乡县，由安成郡管辖。史料与传说，文字与揣测，在一定程度上实现了重合。这座位于安成郡萍乡县的高山，自然也拥有了与这片土地统治者相同的名字——罗霄。

此后，有武氏夫妇来到罗霄山修炼，成为这片山水形式上的安居者，在他们修道终成正果后，附近的人们便将这座山称为"武公山"。到了南北朝时期，"侯景之乱"后陈霸先所部在梦中得到自称武功老爷的仙人帮助，突破叛军的围困转危为安。陈霸先建立陈国后，惊异于这段离奇的破敌经历，下令将"武公山"改名为"武功山"。

与佛教的基本统一不同，本土的道家似乎多了地方神与区域宗教等一些差异化因素。武功山所在的赣西地区，每个村落里都建有供奉地方神的大王庙，有些村子则在牛皇宫里供奉牛王，而武功山上的道观，主神是武功老爷。这些安稳人心的本土神祇给了我一种错觉，仿佛在信仰的领域，萍乡也能自成一界。

这些传奇般的传说，配合着夜间隐藏在山里不知何处的庙宇、宫观，语焉不详又言之凿凿，让这座夜色笼罩下的江南之山，面目多了几分神秘。

月影西斜时，远处的一切依旧在黑暗中，近处的事物却渡上了纯白的月光。山风吹来，低矮的绿草顺着山脊低伏，奇特的山石挨着山崖伫立，秀丽的瀑布沿着山涧蜿蜒，都在武功山的夏夜里发出声响，顿时让夜色下的武功山多了几分生气。

在山上过夜的人望着漫天的星斗，将思绪从遥远的故事和文字中收回，感觉露水微凉。清晨即将到来，一座山的喧嚣又将重新开启，夜色下空灵杳渺的武功山，现在多出了人间烟火味。

高山上的绿色草甸和半山幽谷的巨型灵芝，这两种让人震撼的独特之物，也从夜色里凝固的状态中融化，重新变得鲜活而真实，等待下山的人一路观赏，一路赞叹。

玉皇山居

关于武功山，我其实还可以写下更多的文字：关于那里传说中隐约的虎啸，跳跃的猴群与优雅的白鹇；关于那里群飞的白鹭，火热的杜鹃与繁星般的草木名。或者，关于武功山上木屋里彻夜听水声的安宁之夜。但武功山是属于更多人的，它不独属于我，不独属于一个幻想山居者。

要真正实现自然主义的山间安居，道家的玉皇山是个不错的选择。

到深山里去找一个地方安居。竹香的深处，松涛的深处，山谷里一条小径的拐弯处，山坡上一片平台的向阳处，这梦想中的诗意栖居之所。

事实上这山居的向往几乎是大多数现代人的梦想。但做梦的人不少，实现的人不多。或者，一旦真正进入那种生活，就很快会后悔。

毕竟，我们还没能学会道家的安详和云淡风轻。

不要别的，过山车一般的山路盘旋就足以将满腔的热情冷却直到半途折返。不要别的，山蚊的叮咬就足以将绝大多数的人赶回城市的车水马龙之中。

所以，我发自内心地钦佩那些能够在深山里安顿下来的人。

例如，玉皇山上那几位学会了道家的安详和云淡风轻的出家人。

她们从遥远的地方而来，奔着自己的梦想和信仰，奔着江西玉皇山的遥远呼唤！

这是一座契合道家气韵的山。这是一座养在深闺人初识的山。在当地另外一座成为国家5A级风景区的山峰的盛名遮蔽下，作为武功山余脉的玉皇山长久以村姑而不是公主的身份安居在赣西一隅。

也有风景，半山腰处层层叠叠的梯田，在早春和深秋，都是摄影镜头下诗意的表达；而早晚的云雾，浓稠如棉花，舒缓而均匀地流动，看山的人，沉浸其中。

青山碧水是随处山区都有的青山碧水，茂林修竹是随处山区都有的茂林修竹，峡谷杜鹃是随处山区都有的峡谷杜鹃。但玉皇山数以千计的国家一级保护植物红豆杉却似乎并不是随处山区都有，但玉皇山那随着玉皇古宫兴废更迭从汉晋时期一直氤氲到今天的道佛气韵却似乎并不是随处山区都有。

这些年，我也走过一些山，看过一些寺观。有的山奇、崛、险、峻，但太瘦太苦太枯，它们可以作为人们登临攀援的对象，却不适宜宗教气韵流转。除了诸如悬空寺、万佛窟那样的特例，一般来说，寺院宫观总是要在出尘的同时表现自己的亲民味。自然，它们所在的山也应该是亲民的，可以在深山，但一般不会在险山。

玉皇山不险、不瘦、不枯、不苦。它是圆润的，中庸的，就是邻家的女子，就是隔壁村的老道士，平时在道观里打理，农忙时也卷起裤腿回家帮忙收禾插秧，并不那么高蹈和神秘。

换句话说，如果深入其中，玉皇山与南方数以千百计的山岭似乎并没有什么不同——除了"玉皇山是道家最高神玉皇祖庭所在，是传说里玉皇大帝历劫飞升的地方"这一独特的印记。

但有着这一独特印记的玉皇山便与任何山岭都不同了。有着这一独特印记的玉皇山便有了强大的磁场，吸引着人们的目光，也吸引着几位道家的女子从北方而来。

初抵达，玉皇山静默着，几个峰头如同莲花的花瓣对着蓝天白云。步行上山的路都在野草掩映之中。如今，山脚到山上的水泥路已经畅行无阻，而山腰千年旧址上复修的庞大建筑群已经初具规模。这一砖一瓦，都来自几个出家人的奔走。

她们没有被初来时的野芳侵古道吓跑，她们奔走募资，在这深山里建设一座座建筑，然后日夜守护着它，呼吸着深山里的空气，早晚与玉皇山里的草木和鸟鸣相依偎，就像几千年前她们的前辈那样。她们放下了外物，做天地间静默的契合者，与山间的万物同在，不排斥，不抗拒，也不凌驾于万物之上。支撑她们的，是心中的梦想和心境的恬淡。

或许，我们应该称呼她们为有信仰的人。

我来到玉皇山的时候是春天。

从山脚一个古老的村落出发，沿着野花绽放的路径，向山上走。路过当年秋收起义部队转道莲花再引兵井冈山时借宿的农家，路过田野里一阵阵带着自然之香的清风。

这里是罗霄山脉的北段，山域总面积365平方公里，主峰莲花峰海拔1234米。真好，无论是365还是1234，这两个数字都有着浑然天成的自然之韵。

山脚的溪流清澈、透亮，圆拱的小石桥爬满了植物。石榴含苞、枇杷将熟，马陆蜷曲着身子、野草张扬着黄花，华山矾和醡浆草在路边葳蕤着，而青苔更钟情于路旁石头垒砌的农家院墙。老母鸡带着自己的鸡崽子刨开泥土觅食，家养的小鸭子毛绒绒的煞是可爱——鸭崽子也是母鸡帮助孵出的。这山里的一切依旧遵循着古老的自然之道，机械的孵化器只能给禽蛋以温度却不能提供母子间的温暖。养殖场的机器可以解决很多问题，但依旧解决不了母爱，解决不了鸡鸭这两种同为农家最常见家禽之间的友爱。既然母鸭没有那个耐心孵化自己的孩子，母鸡就来帮忙吧，你说它母爱泛滥也好、热心肠也罢。反正不出这个农家院，不出这个小山村，不出山脚下的这片土地，都是自家人。

攀爬到半山腰的时候，我们看见新生的草木爆发出蓬勃饱满的热情，仿佛要将群山都带动着挺拔起来，抽节，往上长，或干脆走几步。空气里泛着隐秘的甜、香，或者，也泛着草木本身与生俱来的生命欲望？经过半小时的车程外加20分钟过山车般的山路，这深山里的空气让人不自觉地想到一个词吐纳。

对，就是吐纳。"到草木间采集灵气／着布衣的人在天地间吐纳／将整个宇宙往丹田里过滤一遍"。不骗你，这个时候，同行的几个人都想到了放下，想到了脱离城市生活里的一切不如意。仿佛肉身越来越轻，越来越轻，终于在俗世的沉重里缓慢浮起。

有了第一次拜访，很快就有了第二次、第三次。夏天里暴雨初歇，小兽在山路边蹿动；秋天里枫叶斑斓，熟透的红豆杉果子在三千年的两棵夫妻红豆杉树冠上星星点点。这些都还不够吸引我。真正诱惑我想要到深山里长居的，是玉皇山的云海。春天里，夏天里，秋天里，仿佛只要一下雨，淡淡的水汽慢慢地就洇染成了雾，融会成了云，随风缠绕在玉皇山的山腰，然后缓缓地将山间的人、山间的宫观建筑包裹起来，只有漫山遍野的树木发出轻微的声响。这样的场景，切合了传说里神仙居住的地方；这样的静谧，挑逗着一个理想主义者的心思。

到松林间搭一间木屋，到竹林里建一个竹亭，就着青岚，就着早晚的霞光，读几页文字。山间梯田里种着自给自足的稻米，饮水可以在山溪间就地取用。这样的场景，想想就是美的。但想想也就够了。与当年在山间游击多年的红军相比，与当今立下宏大志愿复修古老建筑的道长们相比，我还缺少了精神的高度和底气。前面说过，山间的蝴蝶很美，山间的蚊蝇也很壮；山居的晨风很温柔，山居的夜雨也很暴躁。

最终，我只能选择在文字里路遇山居，然后在现实里反复描摹玉皇山的美。描摹玉皇山在远古时期就有的玉皇古宫，在唐代营建的玉皇山寺，以及此后历代修缮的寺庵，描摹如今再次复建的道教建筑。真是奇怪，仿佛所有的山水之美都是这样，道家喜欢，佛家也喜欢，而儒家也不落后。于是，一座山上，总是道佛交替、道佛相济，总是儒家的诗文和兵家的战火此消彼长。或许，只有时间，只有山中的草木和山水本身，才找到了自然的真谛，在岁月里永久留存。

就像最近一次抵达玉皇山，看见一大群身背重物的驴友，以双脚丈量山路，在丛林里行走、休憩，朝向出发前设定的目标。他们，与学会了风轻云淡、学会了在山居生活中安之若素的那些村民，以及那些有信仰者，同样让我肃然起敬。

缓　慢

早上醒来稍微早了一些。没有办法，鸟雀们撒欢的啼鸣透过木屋，让一个惯于晚起者觉得再不起床就对不起在这山中借住的日子。

但起床之后就不急了。在剖开的半边竹子制作的引水渠一端接了山泉水洗漱，吃东西。然后就可以没有目的地在附近走走。不深入山谷里太多，也不刻意去攀爬，只是散步，在真正的深山茂林间散步。

散步回来，可以翻书，读一首九行的小诗，写一小段文字，倒出墨汁写三五个词语，又马上揉成团扔到废纸篓里。没有办法，写了几十年的字，但没有一个字可以拿出去免于被人诟病和嗤笑。在有大块时间的少年时代，我没有沉下心静下气练习书法，导致现在写出的每一个字都不如六岁的孩子。

既然不好意思继续写字，那就搬一张竹椅在木屋一侧闲坐吧。椅子是山中取材，请篾匠手作的，翠绿的竹色依旧宛如还在继续生长，坐在上面，仿佛被竹子托举。一整个白天，都可以不慌不忙地坐着，没有谁来与你说话，也没有谁催促你完成什么任务，连穿过树林吹来的山风，都是不慌不忙的，抚摩一般拂过耳边。

如果要给山居的生活一个关键词，不是闲适，不是自由，不是落后，不是了无牵挂，而是——缓慢。

想想我们的前辈们吧。我住在张村，你住在李寨，门前就是乡野的风情。即使是只隔两座山，我看到杏花开了，想叫你来坐坐，也得修书一封，或者请人带个口信，或者干脆走上半天，将你邀来，同坐杏花深处，喝杯清茶。而你在冬天，想请我吃餐杀猪饭，也得老早跟我约好：腊月初三，我家杀猪，你一定记得早些出门，过来吃午饭啊——节奏的缓慢，让我们的生活都变得有计划，甚至是日复一日年复一年成为习惯，不慌不忙。类似请客之类的，必须提早安排，然后静静等待。时间不到，瓜果不会成熟，菜蔬无法采摘，花朵不得开放。至于文人雅士相约在春天踏青，那更是得保持悠闲：一道山泉前停一下，一片百年老树前歇一会儿，一山桃李芬芳里流连赋诗，一池鱼虾嬉戏前悦目怡情。反正整天的时间都用来做这个，没有在这一天内同时安排三个活动两个会议一次应酬。不急着赶时间，不急着与机器较量。所有的景色，都用眼睛鼻子耳朵一一检阅，所有的土地，都用双脚一一丈量。有再急的事情，对不起，也得先有人送信告诉我，然后我赶紧跨上驴马，一步步过去。

这种慢生活，现在看来，是一种奢侈的高雅，也可能是一种可怜的落后。但在当时，没有人觉得有什么不妥，每个人都是如此，时间，似乎本来就是用来这样一小段一小段慢慢消耗的。这是五百年前祖辈的生活，与我们现在有着很大的不同。而更早一些的时候，祖辈的祖辈就更不同了，他们过的是钻木取火的生活。

据说，即使在现在，也还有一些少数民族散居的深山，还有极少数的老人，保持着钻木取火的技艺与习惯。尽管，会这门手艺的人已经很少了，而且，其实用性也早已经在现代科技的虎视眈眈下一退再退低到不能再低。但是，毕竟还有那么三个人，五个人，愿意保存着这种技艺，愿意在进山猎采的时候，偶尔使用一回，愿意以钻木取火的生活状态，回应争分夺秒的生活节奏。

想想吧，那样的生活：女人们在家里劳作，而男人们，三两结伴，带着武器，少量的干粮以及其他一些特别的生活器具。到深处、更深处的密林、山谷中去打猎，去用力气谋取一家人的肉食。山路（或者是根本没有路）一走就是两天，不时偏离一下方向，为追赶一只獐子或水鹿什么的。直到猎取的猎物已经足够，或者深入大山太久太远，才返程回寨。这种生活，似乎真有几分自在。

但是现在天黑下来了，为家人猎取食物的人必须首先安排自己的食物。于是他取出随身携带用干燥的白杨木制成的钻板，取出坚硬木头制成的钻杆，合拢双手搓滚着钻杆在钻板边缘的凹槽里不断转动摩擦。最后，再在钻板下放入易燃的火绒或者枯树叶，持续不断地钻动。终于，发热，冒烟，引燃火绒，溅出火花。如果我们将时空设置得往后一些，木杆钻头当然可能已经是供两个人用绳子来回快速拉动所带动的钻轴了。那样的话，钻出火来的时间可能会更快一些。

但是，无论哪种方式，在木头上取火，我们都不能急。用大力气，慢慢地磨，十分钟，或者几十分钟，或者如果赶上受潮了，则需要更长的时间。这该有一种多大的耐心啊。然而，不要紧。在这里，时间无足轻重，没有谁催赶你赶紧烧火做饭，吃了东西好去赶下午三点的飞机到千里之外的某地开会。或者催了也没用，钻木取火的生活状态中，我们必须用时间来等待火星燃起、水到渠成。

一个男子，背着工具进到深山，打猎，采集，几天，十天，在山里生活。这种状态，毫无疑问是古典主义的非功利状态。而这种生活本身也必须要有大把大把的时间和悠闲的心态，不急不躁，任太阳西下，夜色来临——这种心情与心态，让人神往。

暮色要来就来吧，在这之前，山间的人已经开始在钻木，准备火焰，准备这个夜晚的生活。没有谁追赶你的进度，没有谁要求你必须在这个下午凑齐三只野兔四只斑鸠才能下班吃饭。日子每天都是这样过去，信手拈来的时间就这样让它随意而去吧。本来嘛，时间不就是用来这样让人们过日子的么？可不能让它反过来成为抽打我们疾步快走的鞭子。只有这样，才是回到了生活的本身，回到了没有任何金钱事业竞争牵绊的生命呼吸间的原初意义。一辈子的节奏，也无非就是这样。这样的生活，才算是真正的"过日子"。

很显然，当我无赖般利用在山中借住两天的时间写下这些文字的时候，我并不是想要放弃打火机改用钻木板，并不是想要对取火的神话故事进行重新演绎。我的目的也并不在于告诉你，钻木取火这门古老的野外生存技艺，前几年已跻身于国家非物质文化遗产之列，目前还有一些黎族老人熟练掌握。

我只是无赖又洋洋自得，最少，我真正拥有了两天缓慢的山居生活。而那些打不通我电话的朋友，这整整两天的时间里，依旧在自己的战场上斩获众多但疲于奔命。

山　脉

　　访山归来，我惊喜地发现：中国的山岭都是很有全局观念的。山是有走向的，它有着自己的脉络。今天我们借助卫星或者飞机站在高空去俯瞰，当然很容易理解地势起伏。但在千百年前，要想在崇山峻岭和密林中踏勘一条绵延长远的山脉，不是一件容易的事情。一会儿攀升到高峰，一会儿沉降到山谷，中间间或有山涧沟壑，有时又有人类聚居、耕作的小平原作为过渡，此时这山脉或者说龙脉究竟是算绵延过去呢，还是算是中间间断了作为两处不同的波澜？

　　尤其是南方，山岭全都顶着浓密高大的草木之冠。此时要想真切理解、深切感知一条山脉的走向就更不容易了。全局观念在南方的山林间显得尤为重要。

　　若秉持着这种全局的观念来考究观察，前面说过的杨岐山、五峰山，与不远处的武功山、玉皇山，便依旧是一脉相承的，都有着罗霄山脉的总名头。它们是同一根藤蔓上结出的葫芦。

这串葫芦是如此多又如此繁密。我在地理书上看到，武功山以超过 1918 米的海拔高度算得上是萍乡众多山峰的"老大"。除此之外，萍乡海拔 1000 米以上的山峰主要还有位于湘东的婆婆岩（1161.4 米），位于芦溪的乌云岩（1616 米）、明月山（1691.4 米）、天皇殿（1600 米）、乌龟山（1497 米）、羊狮幕（1670 米）、百岩（1390 米）、万龙山（1417.4 米）、金排山（1574 米）、扬角尖（1346 米）、禁牌山（1581 米）、瑶峰尖（1150.3 米）、黄茅界（1193 米）、木马坳（1488 米）、发云界（1627.9 米）、九龙界（1350 米）、上山（1160 米）、双树洞（1190 米）、黄花颈（1002 米）、葫芦顶（1061 米）、黄泥坳（1123.2 米）、棋盘石（1156.9 米）、玉皇殿（1010 米）、花轿顶（1218 米）、千丈岩（1720 米）、赤脚坳（1605 米）、白沙塅（1415 米）、鸡冠岩（1902 米）、九龙山（1699 米）、虎形里（1071.9 米）、横岗仑（1056 米）、斗洞山（1094 米）、半天飞（1002 米），位于莲花的石门山（1300.5 米）、高天岩（1275 米）、帽子山（1148 米）等 40 余座。

这些高山与更多的"矮山"，都只是一条脉络上的跌宕起伏——有时候它伏下身子，有时候它挺起脊梁，有时候它跺脚成谷，有时候它举臂成峰。

根据地理划分，萍乡属于丘陵地带，属于小山区。借助航拍图，我们可以看到蜿蜒婉转的道路和零星分布的微小平谷。这个时候如果我们有足够的全局观念，就可以知道这是一个多山的城市。就像小时候，站在屋顶我看见龙背岭，站在龙背岭上我看见对面的狮形山；站在狮形山上可以看更高的明山，明山上看杨岐山，继续往上，继续看远方，还有更多，五峰山、太屏山、万龙山、武功山，永无休止。

很多年前我曾写下一些语焉不详的文字，说一说这多山的萍乡——

看山顶就是看青天上的云
看完所有的山你就看完了整个萍乡
有一次你突发奇想，借助卫星图
将萍乡立体起来，缩小再缩小
然后将一个苦瓜的表面放大又放大
最后发现两者有着九分的类似
那些凸起的部分，是山峦
而中间的平缓地带，供我们居住

从这个意义上说，我们都是山里人，都靠着大山修身养性。清早起来先读门外青山然后才读书，一出门就是攀登的姿势，一开口就是山里的方言。我们应该庆幸，群山有时候稍微让开了一点，给我们留下山与山的空隙里舒缓的平地养活人类，养活这个多山的萍乡城。

从杨岐山蜿蜒到五峰山，从五峰山跳跃到武功山，从武功山绵延到玉皇山，都是一条巨大的经络在开叉、蔓延。

在玉皇山，我遇见了一小片塔林。石头上刻写着一个个出家人的法号和世系。他们都来自杨岐禅宗。仿佛在某一个时代，几名出家人，沿着山间的小路，穿过不时拍打肩头的树枝，走下了杨岐山，然后继续前行，到了玉皇山，寻一座寺庙安顿下来，将杨岐的教义讲给更多的人听。

也有一些，走得更辛苦一点，他们没有在玉皇山停留，而是继续前行，来到武功山，过发云界，来到峰峦如聚的九龙山，开启了又一处繁荣绵延的法脉。

九龙山是个有意思的名字，它是武功山的有机组成部分。很多人想要考究为什么叫九龙，很多人想要寻找龙究竟在哪里。时代的久远足以让一个浩大山谷间的一切发生变化，文字也在千百年的风雨里飘零散落，到现在，没有谁可以确切地回答"九龙"的来源。大家只能依据大概的地貌，揣测是因为九龙山的山势如同潜龙入海，隆起的无数条小山脊齐齐汇入低处的山谷，其中山势比较明显的，有九条，所以就称为九龙山了。

这样的说法自然无法说服大多数跋山涉水抵达九龙山的人。但不信服也没有办法，连山谷间曾经号称多达几百座的寺庵都已经全部湮没于萋萋芳草间，又能有什么准确的记录能够留下来呢。

书上说，禅宗的沩仰宗萌芽于湖南沩山，结果于武功山的支脉仰山；曹洞宗的分支古爽派在湖南创立后，其一传、二传、三传都在武功山的九龙山大放光彩。至于前面说过的临济宗主流杨岐派，他们本来就在罗霄山脉上，而且距离极近，自然弟子往还、法嗣交错。一时之间，这罗霄山脉的赣西群峰之间，山脉绵延、法脉交织。

据统计，仅仅武功山一地，现今依旧能够见诸于文字的寺庵就多达63座，其中不乏宋之问、王庭珪等文章大家写诗以记或亲书匾额的古寺，在文脉与书香里传播久远。

与杨岐山类似，从武功山的白鹤峰和九龙山发源的山涧之水，奔腾而下后，一路汇聚各路山溪朝北流淌，穿过关隘北外口，再冲向山外，成了绵延200多公里的袁水。

如果考究起来，这充满诗情的河流，也有自己的谱系，发轫之处，也是在武功山的深处。

那么，我们可不可以这样理解？在大的武功山系，在大的罗霄山脉，萍水与袁水，都是山脉的指缝间漏出的一线清凉滋润，为整个山脉覆盖所及之处供给甘甜和生机。

站到这个角度上去思考，或许我们对于森林与山岭，又会有新的观感。

巡　山

十多年前，林业局的朋友邀请我到深山里的林场中住一段时间，写写处于深山老林的林场工人。当时我刚刚成家，工作与家庭都让我不愿须臾相离，遗憾未能成行。

庆幸的是，此后倒是因缘际会，有过几次安住于山间木屋的机会。加上山里的朋友不少，城里乐山爱水的朋友也多，兴之所至，便常常穿行于山岭之间，踏古道、走丛林，沐浴山风与草木之气，偶尔也有脱俗之感。

加之最近几年栖身于一个以人口资源环境为名的边缘机构。单位的领导作为市级林长，我便也以联络员的身份多次跟随参与巡山，由此得以更多亲近山岭。

这不是网络歌曲里的"大王叫我来巡山"，而是林长制严肃的设计，而是一个对自然心存敬畏者对森林的一次又一次关注与亲近。

巡山的目的在于护林、护山、护山间的万千生态。野山野岭是巡山中值得去踏勘和关注的，但林场更是巡山的主要目的地。

对于萍乡的那些林场，我有着天然的亲切。五峰林场曾经是经济木材的出产地，我在众多老人的回忆中感受过它。玉女峰林场我曾访友而至，又曾为了追踪会变色的树蛙而深入其中（那时我多么年轻，少见多怪，会爬树、会变色、数以万计的树蛙深深吸引了我）。离家不远的林场因为圈占了原属于我们村的茶山而被我记住，还有更多的林场因为工作原因被我记住。

这一次巡山，我们来到的是鸡冠山国营林场。十年前我曾经来过这里，作为一个好奇的探险者进入过林场里的一个天然溶洞，并写下过一篇短文。

鸡冠山不是因为后来的施政者发动养殖了众多公鸡、种植了众多鸡冠花而得名，它是象形词，是村民们对一座山的外形而造出的词语，并进而成为一个乡镇的冠名。

在惯于穿山越岭的徒步者群体中，罗家寨比鸡冠山国营林场更有名。尽管它们的指向是相同的，尽管徒步者谈到罗家寨时所说的山路、峰巅、林木与我们抵达林场所见的山路、峰巅、林木完全一致。

"寨"的指向是古朴和人文，而林场的指向则是自然，是长于山间的草木、繁衍于草木间的鸟雀、虫豸、小兽。

第一次到鸡冠山林场巡山是在春天。人工种植的林木横竖成列，在林场的山腰上列阵集结。树木品种以杉树为主，也有柳杉、水杉、马尾松和樟树。护林员将林木管护得很周到，林下的地上只有一些低矮的杂草和新蕨，并没有被茅草和荆棘覆盖。隔着一段距离，人工开辟的防火隔离带既是防火退路，也是行走的小路。如果忽略雨水冲刷后造成的坑洼和打滑，泥巴路上行走其实要比石板登山路、水泥山路好走得多。两侧的树木都往防火隔离带形成的野径上空伸张枝叶，渐渐有环拱之势，让行走其下的人免受春日里太阳的直晒。

一路上野花野草蓬蓬勃勃，一种类似壁虎的瘦长蜥蜴不时从草丛里钻出来，又飞快地跑到另外一丛草木里。

山路的拐角处有一个三角地带，平坦、干净，不知道为什么，地上没有杂草，三四棵树木倒下后留下树墩在春天的雨水中腐烂。

其中一个，腐烂得有点厉害，用手一抓，全是朽烂的木屑，在朽烂得没有那么厉害的一侧，长满了一簇簇细密的长柄蘑菇。

另外一个，从树墩靠近泥土的根部又长出了两根新枝，底部向外弯曲了几厘米之后就笔直向上。新枝较大的一根，已经有矿泉水瓶粗细，可以称为树干了。再过七八年，定然又是一棵笔直的大树。我观察了一下，这新生的树干并没有延缓树墩的朽烂速度。

在手机上，我给一个朋友发去手写的一段微信内容：

一半在死去，一半正新生

流水中被穿凿的石头

腐木旁正长大的树木

那些腐烂得彻底的部分也不例外

蘑菇长得急促而鲜美

沉默的山岭蓬勃而旺盛

这世间相互依存的陌生感

如菜园里分区明显的韭菜畦

一半被采割一半待生长

　　林场里人工植树形成的森林面积并没有占据整座山。在一些山洼和山顶，分布着的是野生野长的树木。这种树木品类就多了，杂木居多，乔木、灌木间杂分布，没有明确的规律。

　　野生的灌木里面，带刺的不少。其中有两种，分别叫作花椒树和刺楸树，靠地面的一两米树干上都密布着粗大尖锐的刺瘤。或许，这也是草木的一种生存智慧吧！树干上的刺、树枝上的刺、树叶上的刺，让想要侵犯者、猎食者、破坏者望而生畏、知难而退。山间抚育林木的村民告诉我，那些不长刺的杂木，其中不少全株有毒，不少口感苦涩，总之不被食草动物所喜欢。

再一次巡山来到鸡冠山林场时是六月底。山上该开的花已经开过了，该结的果正在努力膨大。山势陡峭不适宜树木生长的地方，开满了灰黄色的芒花。野芒抽出的茎秆笔直修长，我选了一根丈量了一下，竟然长达三米多。这个季节，芒花的花穗实际上已经悄悄变成了果穗，风一吹，地上便落满了成熟的芒絮，厚厚一层，仿佛披上了大片的羽绒，像是地上长出来的菌类绒芽，又像是某种动物喷吐的丝絮。

山路两侧，时不时见到裸露的岩石，少量树木因为脚下的泥土被掏空而头重脚轻摔倒在地。鸡冠山林场所在的山岭基本都是喀斯特地貌，石灰岩形状千奇百怪，如同海水里冲刷出来一般。在山岭的表层和岩石的罅隙里，是或薄或厚的黄土层。靠着岩石峭岸的边缘，高大的草木无法生长，一些多肉植物便扎根在浅浅的泥土层和青苔枯萎体上，靠天赏水，一阵湿润、一阵干旱，倔强地活了下来。在夏天的山雨一段时间频繁冲刷过后，罅隙里的泥土被雨水冲刷出来，便显露出一处处悬空或空洞。这山上大小不一、数量众多的溶洞因此而来。

一路上山，不同的草木群显露出不同的景象。站在山道上望着远处，远处也是山。绝大多数都是郁郁葱葱一片苍翠，偶尔裸露出小半个山头，那是修路的人在逢山开路遇水架桥了。

护林员们正按照各自的分工在林间抚育树木。这个季节他们的任务是清理林下的杂草。长柄的开山刀和锄头，让大片大片的杂草倒伏堆积。几场雨过后，砍下的厚厚草堆又腐烂成了新的腐殖层，既保水、又积肥，为更多的草木提供养分。

其中有一对夫妇，在清理杂草的时候，顺手将那些常见的草药拾掇了出来。不多时便凑齐了几副可以清热解毒的验方用药和和夏天里防止小孩子生疮长疙瘩的药浴草药。这山里的草木，很多都有效果不一的药用价值，只是村民们熟识并使用的毕竟有限。

既然是巡山，当然不能如同旅游者一般沿着水泥山路走马观花。

我们决定到山林深处看看。

山林深处生命力最强大的植物不是砍了之后又蘖生众多新芽的树种，也不是随便截根枝条便可扦插成活的树木，甚至还不是那种一根枝条耷拉到了地面便重新生根发芽的植物。山林深处生命力最强大的是数量繁多的藤蔓植物。春天一到，从地下泥土里一夜之间就凭空冒出大量细嫩新芽，纤长的触须一旦找到攀援之处，马上就拼命地拔节、缠绕，很短的时间内就可以长到几米上十米长。这种藤蔓新生的时候无比柔嫩，仿佛整根嫩芽都是汁液做的，随便一掐一折就断了。但断了一截儿没关系，很快从折断处往下的叶柄处就长出了新的一个或两个嫩芽并迅速扯蔓。到了我们巡山的时候，很多树木都被这种藤蔓攀援了。有的树木恰好被两根藤蔓缠绕，它们一左一右匀速匀距往上攀爬，便在树干表面编织出了一个个规则的菱形。

这柔弱的藤蔓似乎弱不禁风、与世无争。

那是你没有深入到森林里，没有看到森林里生存法则的残酷。

藤蔓有的是一年生，有的是多年生。一年生的藤蔓生长速度实在让人吃惊，到夏天的末尾，不管攀附的树木有多高，它们基本上都长到了树冠，在树冠间游走并覆盖其上。多年生的藤蔓倒不会在一年内就跑到树冠顶上与树木争抢阳光，它们是暗自蓄力，如蟒蛇的猎食一般在树干上越缠越紧，最终将大树的树干勒出深痕。如若深入探讨，或许我们还可以说一说藤蔓一般攀附于权贵的那些人。当然，我觉得将他们放在这里来讨论，对于草木来说带有某种侮辱性，是不公平的。为了草木的尊严，我们就不将那些人放在这里与藤蔓植物相提并论了。

当天的巡山日志里，我写下了一小段与工作无关的文字：

一棵大树死了，枯站在那里
它曾经的依附者、累赘
青藤。代替它活下去

代替它挺立在大地上

这样真好。犹如人间的写照

森林深处每年都有一些树木不知不觉就被藤蔓缠绕而窒息、缺阳光、缺养分，最终无声无息中枯死。

林场的工人们抚育森林清理杂草，见到这种藤蔓，总是要及时铲除。铲除藤蔓的时节最好的便是我们这次巡山的季节。此时藤蔓已经长至旺盛期，铲除之后即使再萌发也长不大了。若更早的时候，即使将藤蔓从根部斩断，它们也会再次萌发、再次攀援；若更往后的时候，藤蔓已经影响树木大半年了。

森林里的树木枯死、倒下，被藤蔓缠绕是其中一种原因。还有其他各种可能，例如年老腐朽啊，干旱渴死啊，雷劈虫蛀啊，风雨摧折啊，等等。

在林场员工宿舍附近，我看见一棵杨树半腰折断。凑近一看，原来是白蚁将它蛀断了。在断口一端，上下两截都长了肥硕的黑木耳。不过这杨树生长的位置太空旷，没有密林的遮挡，春夏的雨水一过，光秃秃的树干便被晒得干燥了。而木耳需要更多的水分，他们趁着雨水的湿润长出来，又在太阳的暴晒下干枯。我不知道在下一场雨后，这些被晒干的木耳会不会再次活过来或者萌发新的小耳朵。

这样的枯树在林场里不具备典型意义。具有典型意义的是人迹罕至的密林深处，一棵大树轰然倒下，匍匐在地面或者被其他树木半腰扶住保持斜躺的姿势。各种杂草们很快长高，漫过了倒下的树木，并为它作出掩护。然后青苔洇漫、虫蚁掏蛀、蕨类寄生，期间各种昆虫蛇鼠、鸟雀小兽来来往往，终于在漫长的岁月里逐渐朽败、消解。

这种枯树的倒下和消失，就如一头鲸鱼的消亡。森林里一棵枯死的大树，实际上也就如大海里一个小小的鲸落。在它枯死或半枯死之时，就有众多依附于它的青苔藤蔓或者一窝鸟雀找准位置安营扎寨。直到有一天它轰然坍倒，更多的小生物、微生物群落也在这死去的树木中找到了合适的家园。

十年八年之后，一棵倒下的大树完成了它的全部使命，森林里的一个小小"鲸落"走完了基本的旅程。接下来，成为碎片、粉末的木质进一步融入到泥土中，继续养活着更多的微生物。

将这个过程缩微，将概念稍微放得宽泛一些的话，同样起着森林"鲸落"作用的还有落叶。

森林里地面上的腐殖层，就是由这些倒下的草木、落下的枯叶们堆积腐熟而成。那些林立于森林上空的草木，最终又回到了森林的地下，成为厚厚的肥沃黑土。

我记得第一次到鸡冠山林场探索溶洞的时候，见到荒地上有一种野生的珊瑚樱，结出的果子比我在乡下花园里精心种植的同一品种要硕大几倍，让我很是吃惊了许久。后来观察一下它们扎根的泥土，都是纯粹的腐殖层，顿时便释然了。

砍树者

有一回，我在广寒寨官陂村的朋友家里闲住。透过朋友家的窗户，可以看到不远处一大片古松树。

应该承认，要对一棵预期寿命远超人类的树木称之为"古"，对应的个体必须是超过百年岁月的。

朋友家附近的松树当得起这个称谓。据说，这片山上原来遍地是松树，几百年来树木不断长高长大，后来陆续被砍伐。现在沿着公路旁在半山上仍然保留有 20 余株，遒劲苍翠、傲然挺拔，呈现着不同姿态造型，有的顶平如盖，有的形状如塔，松针短密粗壮，枝干有的横斜逸出，有的弯曲交错，仿佛站在山腰俯视苍生。最大的那棵，三人也合抱不来。

头天夜里，月明风清，万籁俱寂的山坡上银色的清晖洒向林间，水泥路面上倒映着月影斑驳、松形疏淡，松涛过耳，壮怀激烈。

清早醒来的时候，却看见林场的工人在砍伐其中一棵巨大的古松树。我大吃一惊，赶紧凑了过去。

走近了才发现，砍树的不仅是林场工人，还有两名林业局的人在旁边守着。

树只砍了一棵，但依旧让我心疼不已。成人合抱不过来的大松树就这样轰然倒在地上，发出一声巨响，仿佛整个山腰都晃动了一下。

一棵树被砍伐的动静是那样地惊天动地，怪不得我们的祖辈们砍树时那么充满仪式感呢。在市志里，我看到萍乡的生产习俗中有专门的植树砍树条目。在赣西，过去的人们有清明前后植树的习俗，谁种的就归谁家所有。这个简单。

但若要进山里采伐树木，就不那么简单了。进山砍树前，先要请好一位本领高强的锯匠师父，到打算采伐的山场寻一个僻静处，堆土成坛，插上木匠用的鲁班尺，然后宰杀一直雄鸡，沥血祭祀山神，乡人们将这一仪式称之为"起师"，据说如此才可以在接下来的伐树过程中辟邪保平安。

"起师"后并不能马上砍树，还得过上一两天，才可上山伐木。伐木时还有诸多讲究，交流中要讲"行话"，彼此不喊姓名，上午的时候尽量不说话，以免失口。完成采伐树木的计划后，还要再次请原先那个锯匠焚香宰鸡，平掉前面堆垒的土坛，谓之"谢师"。主家还要准备"红包"感谢锯匠。

现在看来，这种风俗无疑具有某种迷信的意味。但从另外一个角度看，这种仪式，又何尝不是表达对自然的一种敬畏，对砍伐树木的一种郑重而不随意的态度！

在过去几十年曾经一度乱砍滥伐，这种伐木的郑重仪式当然早已经废弃了。但现在是什么时候呢，乱砍滥伐的时代也早已经成了过去式了。任何一棵树木都被人们所珍惜和呵护，更不用说这么大的古松树了。

怎么能随便砍伐呢？

它得了癌症，救不活了。关键是，这种癌症还极具群体传染性。

为了其他古松继续活下去，只得下定决心将染病的树木砍伐、灭杀。

这棵松树得的癌症名叫松材线虫病，又称松树萎蔫病。

这种病症里面，危害松树肌体的是一种线虫。松材线虫小但多，它们通过与松墨天牛狼狈为奸传播。

天牛的成虫长得很是威武，在赣西地区的山村里，曾经是调皮的男孩子们的一种玩具。但抓天牛和玩天牛都具有一定的危险性，它们坚硬的盔甲多有尖锐的凸起，加上几只大牙咬合力极强，孩子们一不小心就是破皮流血的后果。

这种天牛喜欢趴到健康松树上咬食嫩枝树皮、吸取树汁来补充营养。携带松材线虫的天牛成虫在咬食松树皮时，线虫幼虫便从伤口侵入健康松树，并在树木中进行大量繁殖。松树感染线虫后很快就变得衰弱或死亡，这种感染的病株又是天牛最钟爱的产卵之处。到了第二年，新生的天牛便都带着松材线虫的幼虫了。周而复始，松材线虫、松墨天牛、松树之构成了一个侵染循环，最终导致病害扩散蔓延，成为一种具有毁灭性的森林病害。

林业局的工作人员告诉我，这种病害不是中国本土原发的，而是属于重大外来入侵物种。该病自 1982 年传入我国以来，扩散蔓延迅速，已经导致大量松树枯死，给松林资源、自然景观和生态环境带来严重危险，造成了严重的经济和生态损失。

不幸的是，前几年，江西省的松材线虫病疫情发生呈蔓延之势。萍乡虽然没有成片爆发松材线虫病，但不少地方处于松材线虫病疫区边缘地带，松材线虫病防控形势非常严峻。

我所看到的这棵古松，不幸感染了。它还没有枯死，但已经处于了衰弱期。及时清理病树和枯死木（包括衰弱木）是松材线虫病防治的重要措施，为了防止扩散，林业部门的人决定及时将这棵古松砍伐。

砍下的古松将被锯成小段，然后进行熏蒸灭虫和焚烧，确保不让受松墨天牛和松材线虫寄生的病木流通扩散。

我想起人类的烈性传染病防治，也都是如此采取及时隔离、阻断流通的方式来处理。人类行之有效的方法，用诸于树木，应该也能有效。

不过，人类感染了传染病会及时告知和就医，松树感染了松材线虫病可不会打个电话发个信号告知我们。它们不说话，默默承受着病害，也同样默默加剧着传播的风险。

为了解决这个问题，多年来，林业部门都将防治松材线虫病作为一项重要的工作，春秋两季进行专门普查，发现病木及时处理，确保病害不成灾、不传播。

普查是个辛苦活，既要吃苦，又要心细，必须走遍千山万水，到山上去，到森林中去，观察一棵棵松树，查看和记录究竟有没有染病。同时，还得及时处置病树，努力防止染病的松树被不清楚其危害的村民采伐运输导致病害扩散。

砍伐古松的砍树者，正是这群辛苦奔忙于林中松下的群体中的几个个体。

因为松材线虫病危害严重，防治起来又需要林业、交通运输、森林公安以及地方政府的各方协力，防治工作和责任是由省政府以责任状的形式层层压实到市、县（区）政府的。以一级政府之力，以一级政府的责任状来为松树的群体健康保驾护航，既是人类的睿智，也是人类的责任感。

除了普查和及时处置，防控也是重要的方面。于是，稀罕的事情发生了，松树也打"预防针"！为了有效防止松材线虫病入侵，技术人员会对重点区域的松树采用注射一种名叫阿维菌素的药剂的方式进行防控。在武功山风景名胜区内，我就曾看到森林医生们认真测量松树的胸径大小，并以此确定药剂的用量。之后，人们对树干进行精准打孔。既要保证药剂充分渗透到松树体内，又要防止粗暴打孔对树木造成伤害，这份小心，简直将植物当成了医院的病人。打孔之后，阿维菌素药剂瓶将被小心地倾斜插入孔洞内，注射渗入。接下来的两年时间里，这棵松树便将逐步形成抗体获得免疫保护，两年内基本上不会受松材线虫病的侵害。

我不知道，获得免疫的松树们会不会对人类有更真实的亲切感，它们在晨风里涌动的松涛，会不会因此而带上某种柔情。

这真是有意思的事情。人类将植物当成朋友，当成地球上或生活中平等的一部分，穷尽自己的力量和智慧为它们防病、治病、截断病害传播。

这样的人间，是人类与其他动物和植物共有的人间，是各种生命各自欢喜的人间。

2.茂林深处

栽松种竹是家风

前面我们似乎说过，黄庭坚送他的僧人朋友到萍乡五峰山一座寺庙里当住持并写了一首诗给他。

我在回过头看五峰山的时候又看到了这首诗歌中的几句。

水边林下逢衲子。临水而居的树林里，这僧人的生活仿佛日常就带有了禅味。

去与青山作主人。这世间的山水没有固定的主人，但在很长一段时期里，在山里与青山日日相伴的出家人，无疑便是这青山的主人了。这真是水墨画一般的日子。

最重要的一句是——栽松种竹是家风。原来，不止杨岐山上的僧人抵达后抓紧在寺庙前后种树，五峰山上的僧人也如此。栽种的是富有文人气息的竹和松，夜来便可以卧听松涛竹韵了吧。种树，成了古代僧人们约定俗成的"家风"。

当然，这种家风并不仅限于僧人，一家一户的村民们，其实也已经将种树作为了一种"家风"。

在赣西萍乡，我所接触到的乡村里，几乎家家都拥有自己在房前屋后或者自家山地亲手种下的树木。

我家除了种有梨树、樟树、桃树、银杏之外，还拥有我在自家菜园里种下的几株茶叶树。

幼时，孩子们都喜欢种树。一到春天，大家就到山野里找各种野生的树苗，拔回家种着。为什么是拔而不是挖呢？我印象中春天里到山岭荒坡上去找树苗的孩子们都不带工具，似乎，这一次出行倒是玩耍的性质更主要一些。遇上了樟树苗、枫树苗、苦楝树苗、女贞树苗、梧桐树苗，就双手攥住，小心地拔出来。孩子们看上的树苗都还很小，很可能头一年的春天才从杂草里冒出来。小树苗在雨后的春天连根拔起不是太费力。如果遇上稍微高大一点的树苗，那就几个孩子一起用力呗，就像故事书里拔萝卜的兔子们一般。不过，这种情况下啪的一声齐根扯断的概率就大了许多。

树苗拔回家，便从杂物间里找一把锄头，在自家的土地选个角落挖个小小的坑。将小苗种下，再踩踏几脚将培回的土压实。细心一点的，会将树苗上的叶子摘掉大部分，然后浇上半盆水；心思毛糙的，种下后就不管了，甚至自己都忘了曾在某个角落种下过几棵树。

大家种下的树种都是龙背岭常见的乔木，种灌木的几乎从来没有过。一来孩子们虽然小但也稍存了功利之心，觉得灌木没什么用；二来可能大家也多少存了想看着亲手种下的树木越长越高从而收获喜悦的心思。

在这种情况下，我种下了几棵茶树，实在是有点奇怪。茶树并不是龙背岭举目随处可见的树种。只在一个偏僻的坡岸上长着七八棵遒劲而杂乱的无主老茶树。必须要说明一下，在龙背岭，日常语言里的茶树其实专指油茶树，我们这里讨论的茶树在龙背岭应该被称呼为茶叶树才对。

应该是在一个惊蛰过后的傍晚，我不知道为什么跑到了那几棵老茶树附近玩耍。在堆积着厚厚黑色枯叶的潮湿地面上，我看到了不少半尺长的小苗。鬼使神差，我随手拔了几棵。回家后甚至没有动用锄头，依旧是用双手在菜园角落里湿润的土上掏了几个坑，种下了这几棵茶树苗。我不知道自己掏坑的时候有没有在泥土里恰好挖出几条蚯蚓，也不知道自己有没有趁着附近没人顺便冲着新种好的茶树撒一泡尿。

总之，过了三五年，母亲突然发现自己家里有了几棵可供采茶的小灌木。从此，家里的待客之茶、茶壶里日常饮用之茶，便无需到集市上购买了。母亲有着明确的实用主义哲学，所以放弃了明前茶雨前茶的茶叶品质学与一叶一芽的茶叶美学。她总是赶在谷雨节气，茶叶都舒展开了时，一把一把掐下茶树的新叶。回家将炒菜的铁锅烧热，倒进去青色的叶子，双手快速地抓住叶子在锅里揉搓。炒完之后，母亲又在灶上架起竹篾盘箕，灶下用两种草药混杂在柴火里烧出微微的烟火，烘焙摊在盘箕里的茶叶。

焙干的褐绿色茶叶只有三四两，恰好够一年使用。此后的四个季节里，家里便时不时传来带有浓郁烟熏火燎味的茶水香。逢年过节来了客人，总是会赞叹一句：你家里自己炒的茶真好喝，真香。

我怀疑，包括我在内的喝茶者，根本没有了解过什么叫茶香，而是沉迷于混杂草药味的浓郁烟火之香里。后来我读书、进城、参加工作，喝过更多一些清澈的茶水，便回头想要劝说母亲摈弃那些粗糙的、被烟火味包裹的家炒茶。可惜每回总是败下阵来。在一切都讲究自然的乡村里，茶叶并不讲究其自然的清香。也或者，铁锅炒制、烟火熏制的味道，已经被视为了自然茶叶味道的一部分。

一直到现在，那几棵茶树依旧在龙背岭的菜园里。它们已经三十多岁了，疏于修剪的头发和胡须有些杂乱，但依旧每年为母亲贡献二两茶叶。是的，母亲的采茶规矩是以满足自家饮用为原则。茶树小的时候，细胳膊瘦腿的，就拖延一个节气去采更大一些的叶片；茶树长大后，枝繁叶茂了，就提早几天去采更细嫩的叶芽。总之，一家人一年所需的三四两（后来随着我在小城里定居，乡下家里一年所需的茶叶变成了二两）茶叶，就着落在这几棵茶树头上。

三十几岁的茶叶树算是老树了，但它们长得依旧不高不大。不像我小时候种下的另外一些树：苦楝树和桃树、梨树早已经被砍伐了；梧桐树长得太高又树皮光滑，我始终没能爬上去过；樟树的腰身如今已有我合抱之粗。

是的，在龙背岭，我们说到一棵树，总是说"我小时候种下的那棵树"。同样的表述还有"我父亲小时候种下的那棵树"，"我爷爷小时候种下的那棵树"。

在乡村里，种树的基本上是两种人。一种是中年男人，一家之主；一种是小小的男孩子，五六岁到十几岁不等。但不知道为什么，中年男人种下的树几乎很少被人提及。大家若干年后讲到家里的那些树，总是能够对应到某个家庭成员小时候随手栽种的行为。

难道，种树这个行为，本来就应该那么随意和散漫，而不应该是中年男人出于经济的某种严肃劳作？

我世代长居于龙背岭的亲人们、邻居们，从来没有想过种树的意义，过去很长时间内也都没有听过生态这个词语。他们只是无意识地随手种下一些又一些小树，然后偶尔又砍下一棵又一棵大树做嫁妆、家具、棺材。

面对自己种下的树木，他们绝对没有想过下面这段文字：

一个人种下一棵树，一个生命陪伴另一个生命活着，一个生命代替另外一个生命活下去。

是真的。小时候我种下并成活的树应该有几十棵。我种下它们后基本没有去除草、施肥、杀虫，任由它们野生野长。但它们确实在昼夜呼吸，与我保持同样的四季节奏在长大。它们不说话，但确实在陪伴着我——如果我生活在龙背岭，生活在它们身边的话。这些树木都长在一块块土地的边角地带，以不影响菜蔬生长为活命之本。现在它们有一些还在，若是不去砍伐它们，很多年后我可以对我的孙辈说：龙背岭那些老树，是我小时候种下的。若它们继续老下去，比我活得更长久，那么当年种树的那个小男孩的体温，是不是可以被一棵树延续下去？

这样的想法很温暖，一棵树的理论生命可以特别漫长。但实际上能躲过岁月摧折的少之又少。

龙背岭那些种树的人们，没有想过这些问题。他们只是顺手在空地上种下一棵树苗，等它们长大后作为柴火、用材或者就那么不停生长下去。他们不统计数量，不大张旗鼓严肃认真地去种下任何一棵树。

这与我后来从大学开始再到参加工作后几乎每年都参加的植树活动完全不同。屈指算来，我在十几年来统一组织的植树活动中亲手种下的树木也有上百棵了吧，现在还在苗壮成长的，又有多少棵呢？我不记得这些严肃认真种下的树木模样、品种甚至地点，这些被我种下的树木，肯定也不再记得我抚摸树干的双手温度、踩踏松土的双脚的力度。

七八年前，我也曾正经且严肃地租下几十亩土地，邀集几个朋友雄心勃勃地种下葡萄、梨树、枣树、桃树。但种养专业合作社的年岁没能活得过果木。树木们才刚刚挂果一两年，便在倒闭的合作社中枯病或被砍伐。

中青年认真种下的这些树木，没有少年人玩耍般种下的那些树木活得自在，活得长久。

五六年前，小时候和我一起到荒野拔树苗的一个邻居，进到城里专门种树了。他到乡村里买来大树，为它们截枝斩桠，移居到城市的某个公园、某条主干道。有一天他喝了酒，指着一棵棵挂着营养包输液的大树对我说：城里人没有我们小时候的耐心，不愿意陪着一棵树慢慢长大。他们要快，要当年种树当年乘凉……

我不记得在酒醒之前他有没有对我说过这样一句话：种在城里的大树都不幸福；在城里种树也没有我们小时候种树那么幸福。

两三年前，我已经没有地方种树了。只能在阳台上和乡下仅存的逼仄土地上养花。像我这样完全不懂养花的人，每天只要看到它抽嫩条、发新芽、长绒根便高兴。却不知道，很多时候，一株植物要成长、成熟，却必须压制抽新芽，转而让自己凝厚、蹲苗，一些植物还要让枝干慢慢变老、变硬，变得木质化。

我忘记了种植的要义。在离开龙背岭后，我怀疑自己终有一天会忘记怎么种植一株草木。顺便，忘记沁入种树少年鼻中的那一缕缕草木的清芬。

竹木记

林木是山岭的头饰。

这样的说法似乎有些轻飘了。还应该更进一步，林木是山岭的灵魂。

在南方，在赣西，一座山，若没有了葱郁的树木，便失了尊严、失了标格、失了灵魂。我们对于那样的山岭，统称为不毛之地，统称为茅草山，连一个稍微正规一点的、敷衍一般的象形之名都不给它配套。仿佛这样只长杂草不长树木的山岭，不配拥有一个正规的名字。即使那山上裸露的石头再好看，也终显得有些理不直气不壮，少了些挺直腰杆亮出江南妩媚青山名号的底气。

萍乡的山岭，托了湿热气候的福，几乎种什么活什么。山上草多，竹多，松树、杉树、香樟树多。当然更多的还是各种各样叫不出名字的杂木。

若到了屋前屋后、村头村尾，苦楝树、漆树、柳树又多见了。香樟，也依旧是主力军。

不过，这些年，我在赣西乡村里看到各种原来用于城市绿化的树木，也渐渐影响到了村民们的庭院种植。

过去常见的柚子树、梨树、桃树、桑树、杜仲种得少了，桂花树、樱花树、玉兰树、各种女贞和冬青类矮灌木却多了起来。

我父亲在门前种下了几株水杉，前几年长得缓慢，从第四年开始，大概已经真正扎下跟立定足了，一个春天就窜高一米多。稍显麻烦的是到冬天落叶时，细碎的羽状叶飘得到处都是，给邻居们打扫庭院增加了不少难度。

我自己在菜园里移栽了一株银杏，前面几年都仿佛是生病一般，每年春天发芽迟、秋天落叶早，连枝叶都显得病恹恹的，感觉特别没精神。到了第五个年头，突然便容光焕发了，扇形的叶子浓密又肥厚，秋天里一片金灿灿的，充满光泽润滑之感。我观察城市里种植的银杏，也大都如此。就好像，银杏这种树木在这个城市里安家，就需要那么四五年的缓冲期、适应期。

杉树多见，大概因其曾是打制家具的主要木材；松树多见，大概因其耐得土地的瘠薄。在龙背岭，据说在几十年前还满山都是成人合抱的松树，甚至龙背岭这个小地名，在那段时间里就叫作松山里，与学堂里、老屋里并存于口耳相传的自然村名序列。

待我长大，龙背岭上已经见不到一棵松树。不但父母口中的合抱巨木没有，连半米高的纤弱树苗都没有。八九百米之外的另外一个山岭上，倒是长满了碗口粗的松树。有一段时间，我迷上书上所说的墨汁制作之法，天天琢磨要弄些松木头来焚烧收集烟灰。但烟灰收集起来实在困难，我能想到的仅有在灶膛里烧火，通过炒菜的铁锅外侧来吸附烟灰这一种方法。这种方法显然不是理想的选择。因此到最后便不了了之了。

倒是另外一些地摊书上介绍说松树皮烧成灰，可以止血。到山上捡回剥落的松树皮，回家焚烧并收集灰烬，这个事情我很容易就做成功了。

止血在乡村生活里是种很重要的功能。割草、切菜，砍树割禾、锄地搬砖，各种劳作中受伤出血是常有的事情。因此止血的重要性在农家生活里就显露出来了。

我能够复述的，便有秋天的雪白丝茅花絮覆压可以止血，春天的杉树花粉撒盖可以止血，路边的杂草铁马鞭放嘴里嚼烂后敷裹可以止血，松树皮烧成灰外敷可以止血……

若是混合着用，应该可以成为效果更加强的民间奇药吧。我这样想着，便往收集松树皮灰烬的木盒里添加了一些秋天的丝茅花絮、春天的杉树花粉。

杉树的黄色花粉捏在指间让人觉得很是滑腻，就如摸了滑石粉一般。但它的枝叶可就没那么好的触摸体验感了。在乡村里，孩子们将杉树枝归入荆棘一类，用来防护蔬菜被家禽破坏，倒是颇具威胁力。

"生也咬人，死也咬人，专咬争吵的两个人。打一常见物品。"这个谜语对于乡下的孩子们来说，带着痛感。谜底就是杉树枝。杉树叶子细密而尖锐，不小心碰到它的枝条，很容易就被刺伤。关键是，这种树枝在干枯了以后依旧保持着扎人的本性。乡村里的父母常常用这些带刺的杉树枝来抽打教育孩子。当然，由于树枝浑身都是刺叶，打人的人不小心抓着的话也会扎伤自己。

相较于扎人的杉树枝而言，用竹条抽打来惩罚犯错的孩子，会显得更温和一些。

竹子也是赣西的山岭间常见的草木。它长得快、繁殖多，很容易就能占据一小片坡地，形成竹林。春天里挖春笋、秋天里砍老竹、冬天里挖冬笋，竹林为农家换不了多少钱，却总有一些日常的牵挂。

祖父是个纸马匠人，常年需要用到竹子。我幼时便常跟随他到附近的山村购买竹子。好的竹料需要生长了三年以上的老竹子，但偏偏竹子这种植物，几乎第一年长成后大小便不会有什么变化。秋天里去砍竹子，当年的新竹与多年的老竹，外表看上去几乎没有区别。祖父有办法，他摸着竹节处的白霜，告诉我如何分辨新竹和老竹。主人家将竹子砍下后，我们付了几块钱，竹子便由祖父和我扛回家了。竹子能够破成竹篾竹条的是主干部分，竹子尾梢的枝条不能用作竹材，但扎制竹扫把却是上好的材料。因此，有时候买完竹子后，祖父一个人肩扛着两根竹子主干走在前面，而我一个人拖着两个砍下的竹梢走在后面。这些竹子，回家阴干后便被祖父剖成了竹片，成为一场场乡村丧事中扎制纸轿、纸屋的龙骨。

严格来说，竹子除了在篾匠手中编织各种竹制品外，用途并不算多。龙背岭附近山上的竹子，变成微薄财富的机会很少。

但在更遥远一些的山村里，竹子还有另外一种用途，造纸。

纸的前生一尾竹。谷雨过后，芒种节令很快就到了。一些竹笋刚刚显出竹子的模样，枝条竹叶渐次伸展，山民们开始带着砍刀上山，在鸟鸣声里，挥刀，将嫩竹砍下，背回家。最古老的诗歌里面，说"斫竹、飞土、逐肉"。现在，他们要斫竹、煮浆、造纸。

屋子旁边空地上开挖出的一个池子正敞开怀抱等待那些鲜嫩竹子们的到来。很快，新竹被砍切成段，堆积到了池子里。之后，放入石灰，加水。剖开的半边竹筒一头连着山沟，一头伸进池子，清澈的山泉就通过这个简易渠道流入池子。接下来的时间，人们等待竹子在水池中浸泡沤烂。

现在，五十天过去了，一段段竹子的竹瓤已经沤烂，而带着竹青的那一面还保持着韧性。天气晴好，人们将这些在水池中沉闷了一个多月的竹段捞起来，冲洗掉石灰浆，然后去除竹青。剩下的，便都是已经基本泡烂的竹瓤了。这些竹瓤现在还稍微保留着一段一段的形态，接下来它们将被重新堆放进池中，等待六月的高温进一步侵蚀纤维与纤维之间的紧密结构。这个过程之后，用脚一搓，曾经的竹子终于彻底烂成一团一团的粗纤维。成堆的腐烂纤维被放进水碓或石臼里，进一步捣碎、漂洗，现在它们成了细碎的纤维絮。铲进方形的抄纸水池，加以搅拌，竹浆絮便均匀漂浮在水中了。

这个时候，"抄纸"的老师傅上场了。拿一个用方形木框嵌着薄薄丝网制成的抄网，往水池里一抄，均匀晃动几下，取下丝网，往旁边的木板上一靠一掀，一张薄薄的纸张便摊在了那里。重复刚才的动作，半天下来，与豆腐类似的、湿淋淋的方形竹浆堆（或者，现在我们应该叫它纸堆）便出现了。这个时候，纸堆是那种灰黄色的半透明，还看不出来半点纸张的形状。等到纸堆到了尺许厚度的时候，移到一旁的台子上，等水分沥下。在这种最原始的造纸工艺里面，有着太多的技巧，尤其是抄纸的过程，出手太重，则成纸太厚；用力太浮，则过薄易碎；外行人的尝试中，更常见的则是动作不协调，纱网上有的地方纤维絮堆积了半公分厚度、有的地方却没能摊上一点竹浆，根本无以成纸。

其实，我认为自己的表述还是没有到位。或许，我们应该看看另一段文字：

凡抄纸槽，上合方斗，尺寸阔狭，槽视帘，帘视纸。竹麻已成，槽内清水浸浮其面三寸许。入纸药水汁于其中，则水干自成洁白。凡抄纸帘，用刮磨绝细竹丝编成。展卷张开时，下有纵横架框。两手持帘入水，荡起竹麻入于帘内。厚薄由人手法，轻荡则薄，重荡则厚。竹料浮帘之顷，水从四际淋下槽内。然后覆帘，落纸于板上，叠积千万张。数满则上以板压。俏绳入棍。如榨酒法，使水气净尽流干。

这段文字来自明代宋应星的《天工开物·造竹纸》，距离现在已经有四百年了。四百年，很多东西的面容似乎应该有一些变化，或者最少有一些模糊。但是，并不。

一直到前几年，我还在万龙山的手工造纸作坊里看到一个老人几乎原样原程序按照《天工开物》里的方法在造纸。那么多年的时光和风雨，并没有模糊造纸器具的面容，也没有生疏斫竹造纸的技艺。

这个平常的过程重复一段时间后，湿淋淋的竹浆纸堆就在作坊里堆放了不少。之后，我们要将它们榨干水分，并在山风的帮助下略为干爽一下，拿刀切成长条形状。之后，从方形纸堆的一角开始，一张一张揭起，这便是薄薄的纸张了。

一层层的纸从边角揭起后，摆到门外空地上晒干（或者，如果赶上雨天，也可以用火焙干）。最后一叠叠扎起来，就算是成品的纸了。纸张表面粗糙，带着明显地竹纤维脉络，就像竹的筋络展现在了纸的脸上。当然，这种纸已经不再像千年以前它刚开始出现时那样作为书写的珍品。现在，名目品种繁多的现代工艺纸张才被用于书写。这种用最原始方式制造出来的原生纸张被称为草纸，它最大的用处是作为上好的冥纸钱，在祭祖拜神时焚化——终于，一尾竹变化成为纸，再变化成为灰烬。也许，也正是制作冥纸的需要，才使得原生状态的草纸能够在现在这个造纸工艺高度发达的时代一直坚守下来，偏安于山村作坊。

很显然，在现在的造纸技术中，一张纸的前生可能有很多，它可以是一尾竹、一棵树、一堆稻草、一池矿物纤维，甚至，一张纸的前生也可能只是另外一堆肮脏的废纸。但是，在过去，以及在现在最唯美的那个世界里，纸的前身只能是一尾竹。同样，在现在，一尾竹的后世可以是成为一堆柴火、一块地板、一组家具、一件工艺品。但是，最理想的，一尾竹的后世还是成为一张纸。在灯下，透着泛黄的微光。或者成为邮寄给先人的一种刻骨想念，或者在经历更加严格的工艺后，有了更加姣好的面容，等待一个坚持纸笔书写的古典女子的一次柔情抚摩或者一支毛笔的温柔路过。

桐

　　赣西萍乡不是桐乡，但桐树却着实不少。在这个小城里，以桐为名的树木太多了。梧桐树、泡桐树、千年桐、三年桐、法国梧桐……还有一种表皮光滑青绿、树干笔直高大的桐树，秋天里勺子一般的果荚镶嵌着种子颗粒，我们称之为龙桐树。

　　法国梧桐在我们村子里并不叫这个名字，它叫爆皮枫，大概因为它每年会剥落树皮，叶子的形状又有点类似枫叶的缘故。

　　而正儿八经被村民们称为梧桐树的是什么呢？那是泡桐。

　　我对泡桐最早的印象是初中时看农技宣传资料，上面说对付啃食辣椒苗的地老虎，可以用泡桐枝叶捣汁泡水浇灌杀虫。

　　地老虎是种很让人们心烦的毛虫。它白天藏在泥土里睡觉，到了晚上就爬出地面将新种下的辣椒苗齐根咬断。种菜的村民们没有办法预知预防，只有等它咬掉了几根辣椒苗时，扒开断苗附近的泥土细细寻找，才有可能杀死它。

看到浇灌泡桐水可以杀死地老虎时，我当成一个伟大的知识带着炫耀去告诉父母和邻居们。困扰大家千百年的难题似乎可以得到解决了。

可是我虽然认识农技资料上的文字，却不认识泡桐树。我当时只见过屋后荒坡上的梧桐树和龙桐树，以及山上的千年桐、三年桐，却不知道什么是泡桐树。遗憾的是，我的父母和邻居们同样不知道该到哪里去找泡桐树枝叶，所以我们家辣椒地里依旧是隔三岔五被地老虎咬断几根苗，然后父亲或母亲在第二天撬出泥土掐死藏在土里的毛虫。

直到很多年后，我才发现泡桐原来就是屋子后面被村民们称为梧桐树的大树。原来，被龙背岭的村民们称呼了无数辈子"梧桐"的树木竟然不是梧桐，而是泡桐！它长得快，木质软，其实没什么太大用处，连做柴火，老人们都嫌它不经烧。

我倒是发现泡桐的一个用处——它的新枝条长得笔直，但内部是空心的，就像一根管子，长一片叶子就有一个类似竹节的实心。我将它一节一节截断，塞进去一些火硝，再装上引线、用软泥封住开口的那一端，就是自制的一个爆竹了。点燃引线后，噗的一声炸响，比正经的爆竹少了些杀伤力，但硝烟味弥漫的感觉却似乎更浓一些。那一刻，我似乎回到了唐代，成了那个往竹管里塞硝磺的老乡李畋。李畋借助竹节发明了爆竹，我借助泡桐节制造了伙伴们一个新的玩具。

村民们口中的梧桐成了泡桐，那么真正的梧桐又是什么呢？这是有意思的事情，一种草木在一个日日亲近它们的小地方拥有了被混淆的通用名。

　　我反复查资料穷究于此，又知道了被我们称为龙桐树的高大乔木，竟然就是大名鼎鼎的中国梧桐，也就是书本上通称的梧桐树。可惜，我没有在这正本清源的梧桐树上见到过凤凰。其他鸟雀倒是见到过很多。因为梧桐树干高大挺直，很便于鸟雀安全栖落，20米高的树梢弹弓是够不着的，打鸟的气枪也不那么好使。当然，或许秋天里挂满枝头勺子一般的果实也是吸引鸟雀重要的原因。

　　梧桐树的果子不止鸟雀喜欢，龙背岭的人们也喜欢。我有一个伯母，可能是经历过那个饥饿到遍地寻找食物的年代，因此特别擅于就地取材制作各种稀奇古怪的吃食。乡村里几乎各种能吃的东西——不管是植物还是动物，她都能找到合适的方法制作成食品。就是她告诉我梧桐树的果子可以吃，只要捡拾到足够多的数量，就可以用平时盛米的竹筒米升辊压，碾去梧桐子的粗糙表皮。之后就可以放在铁锅里炒制了。炒出来的梧桐子又香又脆，比炒黄豆滋味似乎要更好一些。因为这个原因，我有一段时间总是守在梧桐树下去找梧桐子。但秋风不是一阵一阵接着刮，镶嵌着梧桐子的小勺子也并不是成片成片地集中飘落，因此我每次都凑不齐足够说服母亲或伯母开锅炒制的梧桐子数量。捡到的一小捧果子颗粒，便只能塞在嘴里生吃了。咀嚼几下后，我发现没有炒制的梧桐子一点也不好吃。但下次再捡到梧桐子，依旧是掰下颗粒剥掉表皮直接塞进嘴里咀嚼。

知道龙桐树就是中国梧桐后，我顿时觉得它们美丽和诗意了许多。那是《诗经》里的梧桐啊，那是神话里的梧桐啊，那是无数诗文记载的梧桐啊。它竟然就在龙背岭随意扎根，它竟然就是我亲手种下的那几棵！瞧它那挺拔高耸的身姿、那光滑青葱的树干、那与众不同的果实、那快速生长的个性，都显得如此风姿独特。一心向上心无旁骛的梧桐，仿佛认准了自己唯一的目标就是长高，长得比周围所有的树木都要更高。它只是一个劲儿地往上挺拔，没有心思去尝试一点别的，所以在树冠以下几乎连一个斜逸的旁枝都没有。这种精神，有没有让少年的我产生过某种震撼和触动？

我不记得了。我只记得自己从来没有想到尝试用这耸立的大树去制成古琴。梧桐树长到一定年纪了，影响某个微不足道的生活小事了——例如遮住了菜园呀、落叶飘到屋顶不好清理呀、太过光滑的树干让调皮的孩子爬树时容易摔跤呀——这二十多米高大的梧桐树便会被砍倒。轰然倒下的躯干过一段时间便成了冬天火炉房里的木柴。在不远处的荒草中，更多已经一两米高的小梧桐正在孤军深入地一根直杆插向青天。

或许，成为取暖的柴火与成为供人拨弄的乐器，对于一棵擎天的梧桐来说，并没有太多不同。它这一生，只是单枪匹马地拔节着，不曾停下来与周围的树木交谈一下，不曾分出枝丫一路招摇向上，也终不曾等来一只火热的凤凰驻足。

我不曾仔细观察过这充满神性的梧桐树的开花之美。它太高了，比周敦颐的莲花更让人可远观而不可亵玩。

倒是被村民们误称梧桐树的泡桐，每年都热烈地开着白中带紫的繁花，在春风里飘散某种特殊的香味。一些枝条垂下来，我们攀着高处便可折下几枝。泡桐的花枝充满了油脂和异味，并不很受孩子们青睐。而且它们开花时树干都是光秃的，还没有长叶子。仰着头去看，逆着光总觉得虽然花簇很灿烂，但整体还是黯淡了一些。

我们真正喜欢的是油桐花。

桐花万里丹山路，说的应该是油桐花吧？油桐花开得比泡桐要更晚一些时间，那时已经进入夏天了。

五月天，一簇一簇攒在一起的粉白与绿叶相映成趣。漫山遍野里，像来不及融化的稀疏的雪点染在青山的发髻。雪？是的，这洁白的桐花就是一场初夏的雪——在有风吹来、花朵簌簌飘落的时候。这样的情景往往更容易发生在雨后，空山不见人的山谷里，满地堆叠的柔软花瓣，让人惊艳不已。快门按下，便定格了"浪漫"这个词语的具体模样。可能正因为如此，在各种煽动情绪的微信文案里，才有人给油桐花取了一个"五月雪"的名字。

我一直很奇怪，为什么桐花落地后远比挂在枝头时更让人心动。难道，植物之美，也让人有移情与共情？那凋落的部分，花自飘零水自流的部分，自然而然便附加上了哀婉与柔婉的意味？

因为"五月雪"的美，恋人们都喜欢徜徉于油桐树下，任桐花落满肩头。有心的乡村旅游从业者，不失时机地宣扬"千年桐"的名字，让这种花下的浪漫更多了几分美好寄寓。我一直不敢告诉那些兴致勃勃的恋人们，本地的油桐其实分为两种，一种叫千年桐，另外一种，叫三年桐。

我的祖辈们从不理会千年桐还是三年桐这样的名字。他们不看桐花，只要能结桐子榨桐油的桐树，就都是好桐树。桐子并不是浑圆，有一头似乎有些尖。龙背岭的人们粗俗地将一些长着油光锃亮、头顶偏尖的脑袋的人称为"桐油脑壳"，据说就是因为在与桐油打交道时没有注意而造成的形体变异。这样取外号的行为不是一个好习惯，这个"据说"也不是一个科学的解释，但不知道为什么我却对此念念不忘。仿佛村子里那几个尖脑袋、光头顶的老人，现在一念起来，还能浮现在眼前。

与榨茶油的油茶树不同，油桐树多数都是野生的，似乎很少有人满山专门种植的。人们总是等秋天到了，便挑着箩筐到山上去捡拾桐子，然后榨成桐油。一户人家若能榨上几百斤桐油，也能卖上不少钱。

桐油是很重要的一种防水和黏合物资，虽然有着难闻的气味，但村民们对此似乎并非不能忍受。我对桐油气味印象最深的是漆匠在油漆家具时，先要用桐油调和石灰将底子刮平。不知道为什么，在油漆棺材时用的桐油石灰好像特别多，有一年冬天我在村子里看见漆匠为一户人家油漆棺材，那种桐油混杂石灰的异味浓郁地弥漫了半个村子足足一个星期。以至于很多年后一闻到桐油的味道，我自然而然就等同于了棺材的味道。

　　泡桐、梧桐和油桐都是好养活的树。不拘什么地方，只要有一片泥土就可以扦插成活。不过龙背岭的人们很少扦插这些以桐为名的树木，而是任由它们的种子随便撒落，野生野长。只有一次，父亲砍了几棵小梧桐树作为豌豆攀爬的立杆，结果春天过去后，这梧桐树生根了，长叶了。从此，我家的菜地里又多了两棵孤绝高标的梧桐树。

　　而曾经一度被砍柴的村民们砍伐殆尽的油桐，近年来又慢慢出现在了山岭之中，五月里薄雪般点染青山。一些山谷，竟因此成了颇受欢迎的旅游目的地。那五月里的雪，散发出馥郁的芬芳，比桐油的气味，要好闻一万倍。

　　只有泡桐，是真正稀少了。乡下的常见树木谱系中，最近一些年不怎么见得到它们的身影。农技书上说泡桐树干是栽培木耳的良好基材，但我参观过几个木耳栽培基地，也没有见到一个是在泡桐树干上凿坑培植木耳的。最多见泡桐的地方，是城市里某处被围起来的土地，闲置几年后，不知道从哪里飞来一些种子，泡桐就作为第一梯队的草木茂盛了起来，很快就长成了大树，然后在围墙拆除的同一天被挖掘机推倒。

树木家族

我们前面似乎说过几种树木，但对于我在赣西的山林中见到并亲密接触的树木品类来说，实在是九牛一毛。

没有办法，树木的家族实在太过庞大，我怀疑它们的族谱可能需要砍光一个山头的树木造纸才能书写完毕。除了前面说过的松树、杉树、梧桐树、银杏树、柚子树、梨树、桃树、桑树、杜仲、茶叶树、油桐、桂花树、樱花树、玉兰树、水杉、女贞、毛竹之外，随口可以说出的，便有漆树、香樟、檵木、柑橘、苦楝树、枣树、栎树……等等三五十种。

小时候贪玩。乡下孩子自然野地里滚，奔跑追逐中，村子里大大小小的树林是最常去的地方。有时候玩得忘形，就将父母的警告抛之脑后了。屋子后面的一片小树林，我们抱着树摇晃，攀折枝条打闹。

这下好了。第二天，十个伙伴有九个手脚生疮、脸颊红肿得连眼睛都睁不开了。在父母又心疼又愤怒的责骂中挨过了疼痒难耐的三天，过敏的症状终于快好了。但从此，屋后那丛有着狭长叶片的树木再一次成了孩子们心中的一种禁忌。

那片小树林总共有几十棵树，让孩子们心有余悸的是夹杂其中的五棵。它们与这个村子里的大多数孩子有着相同的姓氏，叫漆树。

漆树并不少见，在村子里的荒山上，村民们砍柴时经常可以见到这种四五米高的落叶乔木，甚至菜园子外面的荒地上，不留神也长出来一棵漆树。因为担心过敏和燃烧时气味呛人，村民们即使顺手砍倒了一棵漆树也不会搬回家当柴烧，就那么丢弃在外面。

村子里的漆匠在自家山上还专门种植了一片漆树。他割开漆树的树皮，收集流出来的汁液，就可以做成漆制家具的漆料了。但我们几乎从来没见过漆匠来我家屋后这一小片树林里割漆，仿佛这五株漆树是野生的或者被遗忘的。只有不知道什么原因被磕碰破的树皮处偶尔可以看见流出白色的树汁——漆汁竟然是白色的！但奇怪的是，我们几乎从来没有见过漆匠漆出白色的家具颜色来。

后来我长大一些，有一天突然看到书上用很神秘的语气频繁出现一个词：大漆。

一下子被它打动。当然，这种怦然心动有很大原因是因为这个看上去高大上的词语与我的姓氏仿佛有着某种关联。

其实它明明可以用更简单的名字来称呼，比如生漆、土漆、木漆、天然漆，再比如国漆——呃，这个词语好像也并不简单。

在我看到的书上，大漆涂抹后那些光彩照人的物品，不管是什么形状什么材质，都有了同一个名称：漆器。出现大漆这个词语的页面，基本都会配合一些流光焕彩的图片。战国时代精美的鸳鸯盒、汉魏时期锃亮的耳杯。漆绘的纹饰、漆画的花鸟。雕漆、堆漆、剔红，种种繁复的名词频繁出现在图片之下。

而我的目光往往很容易就从这些色彩艳丽的图画上溜走，我想到乡下的那几棵漆树和它们身上的伤口，它们在龙背岭上飘摇地活着，仿佛从来不知道自己有着这么大气的名字和深远的底蕴。

沿着这种思绪出发，我开始翻林业志：本地树种有……野漆树、漆树……可是，等等！野漆树和漆树竟然被作为并列的两个不同品种吗？

170多年前，清代吴其濬在《植物名实图考》中说："野漆树，山中多有之。枝干俱如漆，霜后叶红如乌桕叶，俗亦谓之染山红。结黑实，亦如漆子。"枝干和果实都和漆树差不多，但野漆树却是根、叶、树皮及果都可以入药的药材。具有平喘，解毒、散瘀消肿、止痛止血的功效，用于治疗哮喘、肝炎、胃痛、跌打损伤、骨折和创伤出血。

即便如此，即便有着如此众多的功效，它也只能借着漆树的半个帽子戴在头上。它不被称为大漆，它没有漆树那么早进入人类的生活。

书上说中华民族发现和使用大漆可以追溯到公元前七千多年前，从新石器时代起人们就认识到身边那一棵棵漆树流出汁液的性能并加以应用。史料上描述虞舜做食器——"流漆墨其上，输之于宫以为食器。……禹作祭器，墨染其外而硃画书其内。"往后，《诗经》中载有："定之方中，作于楚宫，揆之以日，作于楚室，树之榛、栗、桐、梓、漆。"

到了庄子的时代，《庄子·人世间》也说"桂可食，故伐之，漆可用，故割之"。这个逍遥游的庄子，这个梦蝶飞的庄子，据说自己就曾做过一段时间的漆园吏。至于漆园究竟是个实体的漆树生产加工和管理机构呢，还是一个地名，我并不想过多考究，因为无论是地名还是机构，总之都必须有大量的漆树种植和使用作为基础。

它的历史那么久远，它的应用那么日常，自然这古老的树种也传播广泛。据说，整个中国除了黑龙江、吉林、内蒙古和新疆外，其余省区均有漆树。它的功用，树干可以作为坚实的木材，富有营养的种子也可以榨油供孕妇和产妇食用。在一些少数民族地区，漆树的嫩叶还可以做蔬菜。

但最重要的，还是用于制作天然树脂涂料。这是漆树的使命，也是它被称为大漆的根源。我们可以想象，春秋时期的庙堂之上，红漆或黑漆的器具被诸侯们端在手里，似乎闪烁着一种神秘而尊贵的光芒。人们并不清楚为什么从漆树上割下来的漆涂抹到器具上便具有了这种宛如神性的特质，但并不妨碍大家对漆器的推崇。甚至在无比看重的身后事中，也要考虑在墓室里摆上几组漆器。

　　不知是因为漆匠的割伤还是因为村民的砍伐，这种有着大用却也会"咬人"的树木似乎总都长不大。我印象中所见过的漆树，总以菜碗口粗细居多，腰身达到脸盆大小的几乎从来没见过了。据说河北武安曾发现一棵树龄有 300 余年、高约 20 米、树围 3 米的漆树，可能是目前最大的漆树了。

　　一棵漆树在山野的土地里扎根，慢慢长大。生长了八年左右后，便可以开始割漆了。用刀子在漆树身上小心地开出一个创口，流出的便是大漆。有一次我看到村里的漆匠割漆，看着看着突然便觉得大漆是漆树伤口中留出的血液。漆树的血液是乳白色的胶状液体。但一旦接触空气后很快就转为褐色，过上几个小时后表面会凝固硬化生成漆皮。这血液是如此珍贵和稀少，这伤口是如此疼痛和持久，一棵漆树每次采割只能收获以克计的大漆，所以俗语里说"百里千刀一斤漆"。一般来说，一棵漆树整个生命周期也只能割出 10 公斤的生漆。

　　如同给人动手术，在漆树身上动刀子，割漆的方法和间隔时间十分重要，若不注意就会导致漆树死亡。村子里那个姓漆的漆匠多年以后改行去割松脂。为了多挣点钱，曾经善于割漆的老漆下手有点狠，两年之后，他承包的那片松林在一场小雪后垮折了绝大部分。村子里的人都很奇怪，这老漆以前割了那么多年的大漆，可从来没见他将树给割死的。

将割漆时盛接大漆的器具底部留下的漆渣干燥后，又成了中药里一味通经、驱虫、镇咳的药材，被称为干漆，用来治疗瘀血阴滞、经闭、症瘕、虫积。绕了一个圈之后，漆树与野漆树在这里又有了同样的中药血统。

香樟是国家二级保护植物，这是我新近知道的知识。

不应该呀，香樟怎么可能是保护植物呢？生活在江南，樟树几乎是身边最常见的树木了。但它确实就是，国家二级保护植物的名录里确凿地写着香樟的名字。

这样也好。这么珍贵的植物，在我居住的赣西萍乡，不过就是推窗随处可见、幼时信手栽植、乡村烤火常用的一种树木。想到这一点，我便不自觉有了一种骄傲感。

春天里，先是香樟柔嫩的叶片渐次舒展开来，与此同时，保护着叶芽的那层薄薄萼叶，不用风吹便脱落了满地。那浅浅的一层，嫩到极致也软到极致。接下来香樟花又开了，嫩绿的萼、鹅黄的蕊，从色觉上便抢占了你内心的某个位置。接下来花朵外部的萼片也落了，再接下来一部分没有酝酿果实的香樟花又落下来，整个春天里倒有一两个月享有着香樟的清芬。有一次我将车开到偏僻的街道上，坐在车里等人，看细碎的香樟花掉落在汽车挡风玻璃上，忽然觉得人闲桂花落的意境其实太容易实现了。只在春天的末尾，只在无人的午后，满城香樟萼、香樟花簌簌地落，簌簌地落，便觉落得满城都是闲人雅人了。

花开花落后，绿珍珠一般的香樟果实配上圆盖形的柄拖开始缀在浓翠的繁密樟叶间。有一年落雪，雪地上吧嗒一声落下来一颗黑珍珠。其时已经是春天，我在看到香樟落子的那一刻，突然觉得香樟树就像人类一样，一年到头都在为自己的孩子而操心。一月末尾的时候才看见它落光了黑色的籽，二月份的时候就看到它含苞准备开花了，之后的所有月份它都在怀抱着自己的孩子慢慢长大。

不止于此。作为一种四季常青的落叶乔木，香樟落叶也落得与众不同。朋友开玩笑说，这香樟还真是为孩子操碎了心，什么事情都做得无微不至无缝对接——它必得到春天，一批新叶长出来之后，老叶片才会脱落一批。正因为如此，在整个春天充满生机的大地上，樟树落着满地的叶子，落得越来越多，越来越快。它们充满樟脑味的叶片气息，让深呼吸的路人都在这个容易迷醉的春天里变得头脑清醒。而对于这些，对于与众不同的交班，在春天里落叶的香樟并不觉得难为情也不遮遮掩掩，仿佛世界本就应该如此。

老叶落过后，新叶也越长越多越长越大了，接下来的几个月里，一批新叶又一批新叶，赶趟似的不断冒出来，香樟树顶着它越来越大的树冠，在春夏两季的大风里摇头晃脑地招摇着。

无论是在江南的民间故事里还是个体的记忆里，几乎每个老村子里都会有一棵老樟树，在村头目送着孩子、青年、老人离家归家，目送着负笈求学者、甜蜜出嫁者，也接纳着落魄者、失魂者、志得意满者。

对于孩子来说，树下游戏的记忆、邻居木匠打制家具的木头味，可能会更清晰一些。

而对于一个写作者来说，一棵树对一个村庄的守护，一棵香樟仿佛带着灵性的美感，可能会更敏感一些。

有一次参加一个诗会，与会者在一小片古樟撑起的天空下率性而坐，现场作诗。我看着那些古老的樟树，又想起乡下屋后的那些司空见惯的几十岁的野生樟树，想起并不鲜见的那些百岁、千岁的古老樟树——仅仅在萍乡芦溪的东阳村，千年的古樟就有十来株。

它们是村子里的某种植物坐标，也是鸟雀的灵性家园，无论是走进还是离开村子，抬头看见樟树，仿佛就看到了村子和乡亲邻里。我看着那些古老的樟树，又想起小时候村里家家户户用樟木制作家具，那好闻的木头香仿佛飘到了鼻前……

于是，我写下了一组以萍乡市树香樟为主题的诗歌习作，开头就拉开了时间和空间的距离：

准备好细碎的花萼与花蕾

送别春风温柔

让安静的过路者缓慢再缓慢

准备好黑紫色的浆果和风

送别阳光温软

让露宿的车辆饱尝鸟雀的调皮

原谅一个护短的人，只有樟树是香的

只有樟树在日常里守望千年

关联前朝的烟雨，或线装书味

樟树不以年轮来记数，只记新嫁娘的脚步

村子里每离开一个一步三回头的姑娘

香樟也有一个孩子以木箱的形式远嫁他乡

我更喜欢清早的香樟林

薄雾一定不要缺席，不要辜负游子的念想

让吐纳呼吸醒脑洗心

让一棵樟树在成为一个省的植物地标之后

成为更重要的，一个城市和一个村庄的地标

一个孩子对家的回望与徘徊……

清风吹来，那乡村古樟下的小场景很有美感。呼吸一口带着香樟气息的空气，整个人的精神都为之一振。

就这样，一棵樟树陪着一个村落慢慢老去，它不害怕时间，不害怕在岁月里走失。仿佛，在古老的村子，樟树也是在册的村民，每一个生命都在樟树的枝桠间印刻，它关心村子里每一个人。

樟树替我们保存着孩童时的一次调皮笑语，一句铭誓：我若离乡背井，老树在梦里保持家的形状；我若远道而来，古樟便是村子的标识；我若生老于斯，树下是里短家长……

香樟是萍乡的市树，也是江西的省树。几年前林业部门组织评选市树的时候，我的第一选择毫不犹豫就是香樟。会上，也有人提出，是不是可以考虑一下檵木。

檵木是种好杂木。在山间，它以白色的花簇装扮着赣西的山野。这种灌木过去并不显山露水，因为枝条并不粗大，烧火都不是最佳的选择。在父亲的眼里，它最大的实用之处就是在山上砍柴时可以随手砍下一根檵木枝条，用力揉扭几下，便是柔韧性极好的捆扎绳索了。直到有一年，林业部门的技术人员发现了它的红花变种，并想办法移植、优选、培育了出来。

从此，中国的植物谱系里增加了一个名叫长红檵木的绿化观赏植物。这种植物的发源地和创造者，在萍乡。

春天里，长红檵木开着热烈而奔放的花，若不多加修剪，就如一片红云开在街头。除了绿化，作为盆栽摆放，也是不错的选择。前几年电视里播放在杭州召开的某个国际会议，领导们会谈的地方摆了两盆精致的长红檵木。林业部门一位朋友指着电视说：看，这两盆花是我们这里卖过去的。

其实不止这两盆。在萍乡上栗县金山镇白鹤村，有一棵接近两千岁的红花檵木树，当年培育长红檵木这个品种时就借用了它的基因。严格来说，全国很多檵木都来源于它的枝条和果实。

只是，这种植物的脾气终究不如别人圆滑。它的枝叶毛糙，新生的还好一些，叶片长成了老叶后，一点也不圆润。这一点，就让它失去了不少拥趸。

在叶片的博人好感方面，茶叶树显然要领先于檵木。茶叶树是种迟钝于春风的灌木。春分都快到了，它竟然还没怎么长新芽。在它的附近，桂花树和香樟树早早换了新装，那春天的嫩芽都快渡过自己的青少年阶段了。老叶苍苍的茶叶树不吭一声，慢腾腾地迟迟不发新叶。它一点一丁地积攒着力气，等待清明，等待谷雨。到了那时，它便吐露心事，吐露一杯山泉水里氤氲的袅袅茶香。那嫩绿、香滑的纤细茶芽，硬是撑起了赣西山区一个又一个进入《茶经》，进入茶叶教科书、进入千家万户的绿茶品牌。

从这个意义上讲，茶叶这个曾经在乡村里不怎么被重视的灌木，其实可以算是一种经济林木。

同样作为经济作物而不怎么被村民们重视的是柑橘。过去有一段时间，乡村里很多人家屋前屋后都种着一两棵未曾改良品种也并未规模化种植的柑橘树。

到了立秋前后，橘子树上挂满了青色的橘子，但是离成熟还有一段时间。可是少年们已经等不及了。看着那青色的柑橘，大家口水都快流出来了。往往是趁着午后大家都在家里待着，孩子们便蹑手蹑脚地跑到了邻居家的柑橘树下，摸着圆滚滚的柑橘狠狠地拽了下来。柑橘树枝哗啦啦抖动了好一阵子，吓得他们像被蛇咬了一样飞快逃到了远处的小树林里。远远地观察了一阵子，柑橘树的主人家并没有人出来查看，这才松了一口气。他们将橘子厚厚的青皮剥开，咬一瓣，酸涩的口感瞬间让人咧开嘴吸气。吸了几口气后，酸得发软的牙齿又泛出凉爽的感觉，反复有一种回甘在嘴里泅开。

在龙背岭，顺手从别人家果树上摘一两个果实尝尝并不被人视为大不了的偷窃行为，大家也都默认了不用跟主人家打招呼。村子里流行的俗语说：桃木李果，见到就摸。反正果实成熟后，村民们也都是邀请邻居们一起分享的。

当然了，这样的尝鲜仅限于顺手而为、在一家一户散种的果树上摘一两个，要是到别人家种植的果园里去大量偷摘，那性质就完全不一样了。

我在族谱上看到过一个奇怪的规定：对于偷摘柑橘的人，罚其购买土纸烘烤柑橘，直到把柑橘鲜果给烧焦了为止。

想想看，要用纸将一堆水分充足的柑橘鲜果给烧焦，得用多少纸啊！此举往往让偷摘柑橘者越烤越心疼，甚至一些人烤了老半天，这柑橘总是冒出橘汁，总都烤不焦，不得不跪地求饶。

这个规定严格执行的时期是在几十年前，那时山林大都是宗族共有的，因此惩罚工作往往也由祠堂祠会来进行。当然，这是很久很久以前的事情了，现在，乡亲邻里，大家彼此包容，也没有谁会刻意去偷别人家的水果。

更重要的是，现在的柑橘园，也早已不是过去的柑橘园了。

现在的树木家族，也早已不是过去的树木家族了。它们庞大而富有生气，在赣西大地上葳蕤着，让一个试图记录它们的人，一次次面对这个浩大的工程拿起笔又颓然放下。

也好，与这庞大的树木家族和谐相处，无需记录和描摹，每天早上醒来，互道一声：你好，地球上的草木邻居。

索　取

在漫长的岁月里，人类已经习惯了向大山索取果腹之食，索取生命的琼浆，索取各种甜蜜和饱暖。而山岭不说话，山岭上的草木也不说话，它们默默供养着人类。

立冬一到，龙背岭的山坡就变白了。

此时离下雪的时节还有一段距离，山上的茶花开了，将山岭染成隐约的白色。

在这个赣西的山村龙背岭，日常语言里的"茶树"分为长茶叶和结油茶籽两种，而我直到后来离开龙背岭在外地读书时才看到还有另外一种只开花不结果也不长茶叶的山茶花树。山茶花只负责美丽，不承担满足口腹之欲的职责。

立冬节气里开满山坡的是纯白色的油茶花。从小到大，我都觉得，油茶树真是一种勤劳的植物。在寒露、霜降采摘油茶籽的时候，树上就已经酝酿着花苞了。油茶籽摘完过后不久，茶花就陆续绽放。这中间，油茶树仿佛在拼命地生长着，开花、结果、长叶，没有一日停歇。

油茶花开的时候，龙背岭的山上已经有几分肃杀的冬意了，一些树木开始抖落枝头的叶片，还在开花的植物实在少见。这时的气温也开始下降，蜜蜂们怕冷，大都回到蜂巢里躲避风寒不怎么出来活动了。

幸好，立冬时节的太阳毫不吝啬，接连一段时间的好天气，稍微稳住了气温。勤劳的蜜蜂们终于抵挡不住油茶花芬芳的诱惑，嗡嗡嘤嘤地绕着油茶树飞起又落下。油茶花有着洁白的花瓣和金黄色的花蕊，大朵小朵挂满枝头。孩子们喜欢看着蜜蜂整个钻进油茶花的花蕊里，颤颤巍巍地撅着屁股、抖动小脚团起一球球的花粉颗粒。

毕竟是冬天了，蜜蜂们采蜜和飞舞都显得少了些活力。看着满山的油茶花都等待着蜜蜂们去采蜜、授粉，我就觉得心里有些着急。这满山的花可都是来年圆滚滚的油茶籽、清亮亮的山茶油啊，蜜蜂们千万要努力，将每一朵花的花蕊都钻一遍，将每一朵花的花粉都沾一遍。

可是蜜蜂们不慌不忙，嗡嗡嘤嘤地在油茶花中飞起又落下，错过了这一朵，又错过了那一朵。过了几天，越往后天气越冷，采蜜的蜜蜂就更少了。我总怀疑，自己家里靠屋后那片油茶树还没有充分地被蜜蜂光顾。为了来年能够结出更多的油茶籽，我决定亲自给油茶花授粉。说做就做，傍晚放学后，我约上伙伴们到了后山。这时暖洋洋的太阳还没有落下山去，晒在身上特别舒服。草木花卉扑鼻的冷香弥漫在空气里，简直要让人沉醉了。大家一边在山坡上走着，一边弯腰折一根蕨杆，小心地掐断后抽出中间的芯，留下一截空心的细管。

进入茶山，大家一声吆喝：吸茶花蜜咯。每个人都迅速跑到身旁的茶树下，左手抓住一朵油茶花，右手将自制的蕨杆吸管一头塞进花蕊深处，另外一头含在嘴里，轻轻一吸，一股清甜的液体顿时流进了喉咙。那种类似蜜浆般的滋味，让人想要打个战，精神为之一振。

这个时候，我就特别羡慕蜜蜂，天天都有美味的花蜜可以喝。

也并不是每一朵油茶花都有花蜜的。半数以上的花朵都已经被蜜蜂光顾过，这种情况下，我们再怎么用力吸也吸不出一点花蜜。有的时候，大家的吸管没有深入到花蕊底部，而是探到了花蕊中间，用力一吸，满口的花粉就顺着吸管到了嘴里。花粉的味道并不像它的颜色那么可爱，带着一种奇怪的涩味。因此不小心吸到了花粉的人都是呸呸呸地吐好几口，将吸入嘴里的花粉吐干净。还有的时候，吸管倒是摆对了位置，但吸出来的却是淡而无味的液体。原来，头天刚刚下过一场小雨，雨水积在油茶花的花蕊深处，恰好被我们吸了出来。

吸花蜜的空心蕨杆长度是随我们信手折的，但渐渐大家便发现，短一些的吸管吸起花蜜来更轻松。于是，我们纷纷将手里的吸管再次折断。茶花蜜的香甜渐渐让大家的嘴唇都黏了起来，少年们的心思越来越活，动作越来越快。"我这朵没有花蜜。""我这朵有，啊，这朵也有。""噗嗤，我吸了满口的花粉。"……

欢快的笑闹里，大家彻底沉浸在了吸花蜜的游戏中。有那么一瞬间，我甚至觉得自己已经变成了一只硕大的蜜蜂，手里的空心蕨杆就是蜜蜂采蜜的管刺。这时，有人提起了一个话题："你们说，咱们是不是一群在茶树上偷窃花蜜的偷蜜贼？""当然不是！我们是来帮助油茶树结出更多果实的好心人！花蜜不吸出来这花朵就会被虫子咬烂，我们是在保护油茶花呢！"你一言我一语的问答，回响在原本寂静的油茶林里——在乡村的孩子群里，天马行空的言语不需要科学作为后盾。

大家虽然在讨论，手下的吸管可没有闲着，继续做着偷蜜贼的工作。突然，有人"啊"的一声吓了大家一跳，原来，她接连吸到了好几朵花蜜丰富的茶花，却在转移到下一朵茶花时不留神扎到了一只缩在花蕊间采蜜的蜜蜂身上，受惊吓突然蹿飞出来的蜜蜂差一点就撞在了她脸上。

脸上？愣了一下后，大家的目光都扫射到了彼此的脸上，顿时爆发了一阵哄然大笑。大家你指着我、我指着你，看，大花脸！黄嘴唇！不知不觉中，几乎每个人都是满嘴沾满了黄色的花粉，还有的脸上同时沾上了花粉和茶树树干上脱落的灰尘，看上去左一团右一团的黄褐色。这番景象使大家都哈哈大笑起来。

大笑一顿后，大家便开始商量着回家了。此时花蜜也喝得差不多了，玩闹也玩闹得差不多了。至于给油茶花授粉的事情，大家觉得从一开始就是个笑话，这满山的油茶花，根本不缺几个小屁孩动作蹩脚的一次授粉。

这是三十年前的事情了。几个尝过了花中琼浆的少年从那以后就喜欢上了偷蜜贼这个话题。甚至，后来我们还再一次专门结伴到山上，捣毁了一个有蜂蜜的野蜂窝，真正做一回偷蜜贼。但是，最美最甜的，还是油茶山上通过空心蕨秆汲取的琼浆。仿佛在满山的茶花间，我们代行的不是蜜蜂无暇顾及的小部分职责，而是偷取了自然的蜜，在少年心间酿出了生活的甜。

封　山

吃过早饭，老曾坐在家门口晒太阳。整个冬天，他都有些无所事事。在他的身后，山连着山，绵延到很远很远的地方。

要是在往年，从秋天开始老曾便每天上山忙个不停。

古诗里所说的斧斤丁丁之声，每天在深山里响起。老曾就靠着砍柴卖柴过日子。

他没有想到，自己会有卖不出木柴的时候。

空调、电暖器大量进入乡村，让木柴的消耗大为减少。这是赣西山村里第二次大规模减少对木柴的使用。此前，1980年往后，乡村里普遍使用的柴火烧饭和煮猪食渐渐停止，煤炭灶台彻底取代了柴火灶台，沼气、液化气又进一步消灭了厨房的烟熏火燎。

小时候，砍柴是一户人家冬天里不可遗忘的一件事情。即便是雪后，天放晴了，大家也要去山上砍柴。这个时候进山砍柴其实很不方便。平地上的雪早已融化干净了，但山谷里走着走着树顶上便掉下来一坨积雪，冷不丁砸在肩头甚至直接从脖子处灌到衣服里。有的树被雪压折了，我们便索性砍下当柴烧。当然柴刀的主要目标还是那些灌木类的杂柴，它们的根部还被雪裹覆。我们刨开积雪从灌木兜处砍下，寒冷的空气里，荆棘刺破皮肤也完全不知道疼痛。雪后的空山里那么岑寂，柴刀砍在木头上笃笃笃的声音回响在整片山坡。这种记忆伴随了很多年，似乎生怕哪一天家里的木柴不够，冬雨寒风里，灶膛里没柴生火，火炉房里也湿冷一片，一家人冻得直哆嗦。

实际上这种情况从来没有发生过。整个村子里的人都是早早预备好了一年的木柴，堆满了整个柴火房。

直到节柴炉、电暖器、空调进入我所在的村子和更多的村子。砍柴再不是每家每户必做的功课，买柴也再不是懒于上山者冬天里必须的开支。

我去老曾家作客，看他将开山刀磨了又磨。磨了一整个冬天之后，第二年春天，老曾到玉女峰林场上班了。他带着自己锋利的开山刀，去清理杂草。为一直被呵护的经济乔木和曾经被清除的丛灌杂木打理出更加适宜生长的环境。

他成了林场的护林员。

老曾属于外聘的临时护林员，主要负责森林抚育。

在这片森林以及更多的森林里面，还有另外一批作为"正式工"的护林员，他们由原来国有林场的伐木工变身而来。

这批原先的伐木工，共有 716 名，如今都放下了斧头，拿起锄头，变身造林育林护林员。

2017 年的春天，我来到雨后的碧湖潭国家森林公园。源㵲林场碧湖分场的护林员袁养洪一大早就徒步巡山，提醒村民、游客林区内禁止采挖春笋。我跟着他在满目苍翠的青山深处行走，一边深呼吸着让人陶醉的空气，一边听他讲自己的故事。

袁养洪跟大山、林木打交道已有 20 年时间。前 10 年在砍树，用他自己的话说就是山林的"理发师"。1997 年，袁养洪通过招工成为国营萍乡市源㵲林场红新分场的一名伐木工人，每天拿着斧头从这山头砍到那山头。树木越砍越少，山林涵养水土的能力下降，林场运营也陷入困境。

2008 年，碧湖潭成了国家级森林公园，湘东区对景区实施封山育林。过了三年，封山育林的政策又在萍乡全市全面施行。不砍树了，袁养洪等一批伐木工人转岗成为护林员，放下了砍树的斧头、油锯等工具，拿起了植树的锄头，迈开了巡山的脚步。在源㵲林场碧湖分场的储物间，袁养洪翻找出早年用过的伐木工具，斧头、柴刀、手工锯已经锈迹斑斑，油锯已套上了锯套封存。

经过 10 多年的封山育林，碧湖潭的青山绿水又回来了。依托碧湖潭国家森林公园和南岗口省级湿地公园，周边形成了四八门万亩映山红、黄忠寨野生金缕梅、大丰桐花谷、婆婆岩中山草甸、荷树生态防火林带等森林景观和碧湖潭峡谷、大龙潭瀑布、白竺青草湖、钟鼓寨、老虎石等自然生态景观，让森林成了休闲旅游的新宠。

在山中住了一晚，清早醒来，仰望，是远处更高的山；俯瞰，是山谷里平缓的村庄。左看右看，无论从哪个方向望去，满眼都是装不下的绿。

这是被无边的绿海和青松包围着的一个山头，这是被森林陶醉的一个傍晚。

曾经砍竹斫树土法造纸的情形已不见踪影，曾经伐木堆积烧制木炭的窑坑已没有痕迹。

类似袁养洪的林场职工还有很多。在安源区三湾社区，五陂林场职工赖松芳在林场封山育林停止砍树后自谋职业，和村民们一起合作办起了农家乐，发展了森林休闲旅游。封山育林形成的参天树木、繁多花草、浓郁绿色，又成了绝佳的生态旅游资源。我闯入这里时正是盛夏时节。说闯入，是因为其时我正开着车在通达的乡村道路上漫无目的地行走，窗外一阵阵清风扑面而来，让我不知不觉就来到了世外桃源般的三湾。这里草木青葱，一条蜿蜒的河流清浅照人，让行经三湾的人顿感暑热消退，心旷神怡。

人们不会相信，这里曾经是因为采煤挖矿而满目疮痍的所在。就像我在此前不久来到另一个以湾为名的废弃矿山——张家湾，满山的泡桐开着紫色的花朵，阔大的树叶染绿了整片山坡和整个山谷。如果不是废弃矿山生态修复项目牌明确的标注，我不会相信几年前这里还是一片不毛之地。而网络上一再被传播的照片告诉我：芦溪县南坑镇山田村6000亩泡桐花竞相绽放，让昔日的煤矸石山变得娇艳多姿；安源区城郊管委会略下村300亩樱花、紫薇、海棠、杜鹃花竞相争艳，让往日的矿区实现了"地下开采"到"地上开花"的辉煌蜕变。

应该说，赣西并不缺少绿色。地处罗霄山脉水源涵养生态功能区和赣西——赣西北山地森林生态屏障，让萍乡的森林生态战略地位凸显。

然而，这绿色屏障有时候也会出现灰色的斑点、褐色的坑洞。曾经，人们一度向山林一味索取，滥砍滥伐，贫瘠干涸的黄土，再没有茂林修竹，只有稀稀疏疏的茅草荆棘，荒山秃岭，四时空寂。曾经，恣意采矿形成的废弃矿山寸草不生。

从2012年起，人们将矿山生态复绿工作扛在了肩头，石头山上植绿、矿渣堆中种树，曾经满目疮痍的矿山重披绿装。下埠、五陂等地的一些废弃矿区地先后建起了20多个绿地公园，6万多亩废弃矿山变身绿地。

一边在封山，一边也在植树。山岭中的各种树木在赣西适宜的气候中攒足了劲儿在生长，我能够想象十多年后，那满山的大树参天，将是一种怎样的震撼！新种下的各种树苗在遍地扎根的人造林地里汲取养分，我能够想象十多年后，那随处可见的树林，将是一种怎样的惬意！

绿树村边合，青山郭外斜。不止乡村与山区，漫步昭萍大街小巷，一排排乔灌相依的景观树，一列列叶绿花红的彩化带，让人耳目一新；畅游萍水、袁水、渌水河畔，郁郁葱葱的树木，令人心旷神怡；行走在乡村山野，长势旺盛、花果飘香的经济林给人以回归大自然的脱俗感觉……封山育林，封住的不止是伸向树木的锋利斧头；植树造林，种植的更是扎根人们心田的绿色种子。

到今天，"靠山吃山"的山里人，通过养殖蜂蜜和黑山羊，种植竹荪和石斛，大力发展林下经济和森林旅游，找到了新的谋生途径。

从现实情况看，与禁渔禁绝不了钓鱼者一样，封山育林其实并没有禁绝村民们上山砍柴烧火。但乡村生活方式的改变，让柴火几乎没有了用武之地，这进一步使得封山封得彻底。社会经济的发展变化，让靠山而居的人们，随便找个什么工作，都比上山砍树、盗伐木材收入丰厚，这进一步让滥砍滥伐几乎绝迹。

多年的全域性封山育（护）林，让萍乡的山更幽、林更密、地更绿、水更清。2018年，萍乡被国家林业和草原局授予"国家森林城市"称号。

因为总数身处于草木的苍翠之中，我对绿化这个概念似乎少了一点统计学的感受。林业局的朋友告诉我，我们所生活的这个小城，森林覆盖率达到 67.27%，相当于这个小城的土地，有将近七成被树木覆盖。

年长的事物让人起敬

我总觉得，封山久了，山里的树木就会很快长大，成精，小时候常听的古树精便会成为现实。

檀树山下李家昨天晚上进了妖怪。先是躲在屋后的老樟树上，一道雷劈下来，樟树被劈掉了一半，妖怪又跑进了李家的厅堂里，藏在电表旁，雷公跟了进去，将房子都劈了一个大洞，最终应该是将这妖怪给劈死了——因为雷公不打死妖怪是不会停止的——也不知道是个什么妖。

这个故事是我很小的时候在邻居家听到的。当时可不是作为一个故事，而是作为一件头天晚上确凿发生的事实在传播——亲历者信誓旦旦地表示，她透过窗户看到了漆黑的夜幕上一道又一道刺眼的闪电追着妖怪劈过去。

想想似乎有些可怕：漆黑的夜里，一道闪亮的白光带来轰隆的雷声，噼啪一声将屋后两人合抱的大樟树劈垮了一半。这样的情景移植到电影情节里，一定是个绝佳的环境烘托。

同样的故事还可能会有更多：昨夜从杨岐山上跑下来一

头野猪精，在村子里好几户人家的窗户外虎视眈眈；昨夜杨岐山深山里一棵古木成精，化作人形在村子里走动，傍晚的时候便在后山的悬崖边化回树形扎根休息……

这一类的故事在乡间言之凿凿，由爷爷讲给孙子听，洗衣的张嫂讲给李婶听。

这些千奇百怪的乡村传言里，山要足够深、夜要足够黑，而树呢，树要足够大、足够老。

只有足够大足够老的树木才会拥有智慧，拥有灵性与神性，成为与人类一般无二的生命。它们像一个年长者，慈祥地看着后辈，拥有满腹的睿智却不说出来。

在从事地方文化研究的过程中，我发现赣西地区的"人间神"特别多。过去人们在生活困顿中求助无门，然后得到了某个人物的帮助，自然而然就将其视为神明感恩，如果这样的事情多了，这个神明在一定地域内就成了普遍供奉的偶像。然后，借助民间传说与口耳相传，进一步往他身上添加各种灵异事件和护佑行为，最终完成了一个人间神的定型。

除了真实的人物之外，被奉为神灵的古物、古树也特别多。考究发现，古树古石等"古物""大物"成为神灵的过程，大体也与真实人物被视为神灵的过程类似。

在湘东新湄村的萍水河畔，一座造型华丽的宗教建筑被村民们装修得焕然一新，建筑的名字叫作"樟帝庙"。庙内有一个石香炉，刻有"安成郡十三都樟树大帝"字样，文物资料显示，此庙始建于西晋永嘉元年，即公元307年。庙旁的古樟为汉代所植，距今已有两千多年的历史。

这"樟帝庙"里供奉的，就是庙旁的这棵古樟树。2019年在萍水河边进行徒步考察中，我们路遇了这座庙和这棵树。

它树干遒劲、枝繁叶茂，如同一把巨大的树伞荫蔽着一片天空和土地。好奇的同行者拿来软绳进行丈量，发现古樟的胸围达到了5.6米，缠绕着粗壮藤蔓的树干应该有近20米高，树冠仿佛直达天际。

根据樟树身下的石碑记载可知，此树2018年被封为全市"十大树王"之一，从汉代开始落户在新湄河畔，受着历代村民的香火，伸开粗长枝条护佑相伴的村民，也寄寓了世代繁衍于此的村民们最朴素的愿望。

在赣西地区的古树里面，香樟是比较常见的一种。可能因为它寿命长、躯干大、生命力强，千年树龄的古樟屡见不鲜。

其中的很多，都如樟帝庙旁的这棵，被村民们奉为了神灵。

这是南方地区很值得关注的一个现象，很多古树大树之所以在漫长的岁月里得以存活至今没有被砍伐，不是因为它的生态价值或经济价值，而是因为它被人们自发赋予了某种神性，从而拥有了威慑砍伐者的力量。

在我小时候，看到稍有年岁的树木下往往是时有香烛缭绕，附近的村民遇到难事往往祈求于树前。同时，人们普遍认为古树下有"坛神"，不能碰触冲撞。

类似的杉树、松树、檀树冠以"仙"名的，遍布于赣西乡间。

也对，这些古树大树们活了那么久，见了那么多事情和风雨，即使没有神性，也应该有了几分故事性。

扎根于芦溪的一棵古荆柴树就是这么一棵有故事的树。

宋庆历元年（公元1041年），年仅24岁的周敦颐职务调动，从洪州分宁（今九江市修水县）主簿任上调到袁州萍乡芦溪镇（今萍乡市芦溪县）"摄市征局"。此时的周敦颐，还没有写出《爱莲说》，没有后来儒家理学鼻祖的光环，没有成为名动天下几代景仰的大家，也没有通判一州或提点一省刑狱的威权。他还很年轻，只想老实本分地做好市场上收税的本职工作，如果有暇，再像其他年轻文人那样写点风月诗文，顶多再瞎想一下天、地、人生之间的关系。

公务之余，周敦颐更多地寄情山水、遍览群书，在山水、典籍里进行双重的寻古探幽。他一边吟咏自然风情，一边探索思想疆域，开始构建自己庞大的哲学大厦的边角地基。某一日他悠游乡野时在附近山脚看见一棵硕大的荆柴，文人之态迸发，回家后马上写下一首《咏莜山石荆柴王》的诗：

莜山石上荆柴王，世间只此别无双。

久经沧桑风骨在，苍劲挺拔傲雪霜。

荆是一种灌木，多丛生原野，萍乡人俗称荆树为荆柴或黄荆柴，既是一种草药，也是端午民俗里不可或缺的一种物品。作为灌木的荆柴自然一般都不怎么高大，也很少见成为古木者，但周敦颐却在芦溪看到了一棵高大如乔木的荆柴，自然称奇呼为"荆柴王"。这首吟咏荆柴王的诗，与周敦颐后来传世名篇《爱莲说》中的佳句"予独爱莲之出淤泥而不染，濯清涟而不妖；中通外直，不蔓不枝，香远益清，亭亭净植"两者思想内涵倒是有相通之处。或许，此后作为理学大师的周敦颐，其基本的人生哲学，在作为基层税官时就已经形成。

对这棵被周敦颐吟咏过的荆柴王，当地民众精心呵护，千年过去，如今它依旧生机勃勃，挺立着自己近 20 米高的身躯，证明大自然中卑微如荆柴的草木，也可能顶天立地，也可以在古树名木中拥有一席之地。

这株荆柴确实值得骄傲。我愿意用崇敬的语气，逐一读出与它同样被列为"树王"的其他一些大树：超过 350 岁的长红檵木，家住上栗县金山镇白鹤村桐坑，胸围 2 米；大约500 岁的黄连木，家住上栗县长平乡塘上村大王庙，身高 15米；1200 岁左右的侧柏，家住上栗县杨岐乡杨岐村普通寺，身有佛家气度；大约 800 岁的红豆杉，家住湘东区白竺乡黄岗村门架岭青草湖，胸围 5.1 米；年逾 1500 岁的银杏树，家住武功山万龙山乡槽下村，胸围 5.6 米；1000 岁左右的罗汉松，家住上栗县金山镇金山村瑶金山寺，立于方寸之地，见证历史风云；800 岁左右的重阳木，家住莲花县荷塘乡文塘村，胸围 8.5 米；350 岁左右的杉木，家住莲花县六市乡六市村，与一个村子同生共长……

它们，以及其他所有活过百岁的树木都值得珍惜与尊敬。

有一年，我 36 岁生日那天曾专门找了一些不同品种的 36 岁的树木看了一遍。我发现自己曾经无比羡慕具有抵抗岁月之能的树木，其实能够活过 36 岁的，百不存一。不不不，或许，是千不存一。

村子里的苦楝树，自然几乎找不到 36 岁的，它们早被成为柴火或在某次无关大雅的"碍事"中被砍伐。而其他的杂木，几乎也都是如此而遭遇斧柯。至于其他的樟树、桂花树等等，大兴土木小兴土木甚至主人的一时兴起都可能倒在走向 36 岁的途中。只有极少数，极少数的极少数，能够幸运地躲过斧头锯子，躲过岁月侵蚀，躲过风打雷劈，活到 36 岁以上，活到百岁千岁。

也正因为如此，大树才能成为天地间独特的存在，大树才能成为一种自然的尊严与神秘，让人类顶礼又艳羡。

尽管我也曾说过大树屡见不鲜，但若放到其庞大的基数里面去比较，又似乎并不多。在我生活的小城，3831 平方公里的土地上，究竟曾有过多少草木呢？他们枯荣，新生，长大，死去，在几千里不断更替。林业部门的统计数据说，目前存活的百年以上古树只有 1000 多株。它们的长辈和后辈，它们的亲友和邻居，都已经消逝在岁月里，重归于泥土中。

悠远的时光里，许多鲜活的东西都成了历史，成了尘埃。唯有这世间所存不多的古树，将见过的故事、听过的言语埋在心里，将经过的风雨、浓缩的历史刻在年轮上。让人们一见它们便觉得恬静、悠远、清新、古朴，真正感受到豁达之感。

是的，豁达。只有这少数的草木，代替着众多的草木活了下来，成为大树，成为古树，成为"活化石、活文物"。它们越活越深邃，越活越厚重。活下来的古树以其优美的形态、丰富的人文内涵，凝固成了诗与画。

凝固成了诗与画的古树等待我去寻访、交谈。

它是大地上的智慧者，将告诉我诸多的秘密，也将转承我诸多的情感依托，那一代一代在树下低语过的前人，借助长生的树木，传递出温暖的力量和文化。

可能也因为这个原因，自古以来，人类对古树就饱含着特殊的情感。以古树为题材的神话传说、人物故事、历史典故、诗歌及绘画作品构成了人文学科里重要的一个系统。

没有脚的树木，不会行走；没有嘴的树木，不会说话。它们只是长高、长大，长成了大树、古树，便拥有了灵性与神性，成为与人类一般无二的生命。

山里的事情

人与自然的关系其实有点可疑。

自然为我们提供可供饱腹、疗治、保暖的物品，以各种植株、果实来喂养人类，而人类为自然提供了什么？

野生动物按照它们自己的生命规则在自然里活着，出生、觅食和老去，它们不吃人。而人类长期以来都会猎食野生动物。在足够庞大的空间里，这两者本来可以相安无事各自安好的。但无论是两者繁衍的数量还是宜居空间的不断压缩，都让人类与野生动物不能不发生碰撞与接触。

于是，动物们为了填饱肚子，有时会偷吃人类辛苦种植的作物，它们不懂法律，不知道大地上的东西还有一个物权的归属，只明白必须在越来越匮乏的天地间想办法填饱自己的肚子。

而人类为了自己的口腹之欲或者纯粹的特别嗜好，经常去偷吃野生动物心爱的蛋卵、朋友、兄弟、父母、子孙。他们拥有足够强大的力量，可以在大地上面对更低等的生命为所欲为。

很显然，从"偷吃"的对象来看，人类不能不以手掩面。一直以地球的主人自居的人类，在保护自己的家园、维护这天地间自然生态的微妙平衡方面，所有的人类中心主义者都没有履行好作为主人的职责和义务。

直到自然不动声色冷不丁狠狠地咬了人类一口，才会有幡然憬悟者用越来越细密的法律之网来约束人们，提醒大家善待自然、维护生态。只是，这种约束与警醒，能够维持多久、维持到什么程度，还需要时间的检验。

其实最早的时候人类与自然不是这样相处的。分散居住于这大地上各个角落的人们，那时也冲着自然里的万物施以采撷、猎杀、种养。但他们有节制，不贪婪，满足个体的生活所需便停手了。此举与野生动物们在觅食中以满足自己生存所需为目标有点相近。

到了后来，人类占有了更大的地盘，聚集了更加庞大的群体，欲望也似乎越来越多，对自然万物变成了没有节制的攫取、掠夺……过去一根钓竿一个鱼罾变成了赶尽杀绝的电鱼机、绝户网。

那种四时有序、等待自然为人类提供基本食物的心平气和一去不返，越来越浮躁、越来越急切、越来越唯我独尊。

这种时候，我就会想起过去山里的种种生活，想起过去山里恬淡的自然生活。

春天里，我们采食蘑菇。

春雨一阵一阵的，隔天太阳出来天气就热起来了。在这潮湿又温热的时节里，蘑菇开始不断地从不被人注意的草丛里或树林间冒了出来。春天里的蘑菇种类太多了。它们长着不同的模样，有着不同的色彩。有的瘦小细长，一簇一簇长在枯死的树桩上；有的肥壮硕大，单独一朵像柄小伞一样插在草丛边；还有的奇形怪状，附在雨后的地面上就像一张白色的小网，或者像是立在泥土上的椭圆鸡蛋。

蘑菇不是植物，而是属于一种特殊的真菌。但山村里的人们不清楚真菌是什么，在他们看来，蘑菇就是一种比较奇特的植物罢了，与地里冒出的竹笋、一年几次变幻形态的石蒜、魔芋没有什么本质的区别。

山坡上长着大片的松树和油茶树。一年一年堆积了满地厚厚的枯叶，在雨水的浸润下散发一种特殊的气味。松软湿润的土地里才可能钻出一朵或一簇蘑菇，经常被人踩踏的地方是不可能长蘑菇的。蘑菇用实用主义的方法告诉大家，不要对山林太过打扰、太过破坏，保持自然就好。

除了蘑菇，山村里还有一种美食也是在立夏前后开始出现并一直延续到夏天的。雨水和太阳交替出现了几天后，草丛里、青苔上、背阴坡地间，仿佛就凭空出现了一种青褐色的软体物品。它们像块摊开的果皮，毫无征兆地隆起附着在地面甚至是悬空的草叶上，滑嫩、软绵，大大小小，几乎是无边无际地点缀在大地的皮肤上。老人们将它们称为地衣，孩子们则将它们称为地木耳。由地木耳到木耳，由木耳到蘑菇，孩子们的脑子里就形成了一个近似物的逻辑链接。

当然，从生物学上来讲，地木耳也确实与蘑菇一样都属于真菌。不过地木耳的成长似乎更容易一些，只要是阴暗潮湿的地方，一簇又一簇，数不胜数的地木耳遍布一地，就像是土地上长满了大地耳朵。

秋天里，人们采收果实。

一阵冷霜落下后，山里的各种野果就成熟了，仿佛一夜之间变软、变甜了。

猕猴桃、八月丫、冷饭子、野栗子……各种各样的果实，鸟雀吃掉一些，人们采摘一些，剩下的就交给秋风，吹得飘落树下了。

果子们在山林里长着，有的藏在林深处，有的扎根峭壁边，有的长得绝高，有的伪装绝妙，真正能够被人类采撷的只占极少数。更多的，果了山中野生动物之腹，或者干脆回归了荒草中的泥土。

这种采收，是人类对自然的浅参与，相当于村民看到邻居家的瓜丰收了，向他讨要了两个尝尝鲜。

在另外的时间和地点，野生动物们也学习人类，相互往还，到种植果树的村民家不告而取采收了一点果实。

老鼠不告而取的是无花果，松鼠不告而取的是板栗，鸟雀不告而取的是梨子和一切甜蜜的浆果。

处暑到来，一阵秋风紧接着又一阵。风之后就是雨，因此，处暑节气里的温度，几乎是被太阳一照就升上去，被风一吹就落了下来。同时被风吹落的，还有果树上晃荡着的梨子。

小时候，外婆家种了三棵梨树。春天的时候，白云似的梨花花团锦簇开满枝头，在树下玩耍仿佛都有一种飘飘然的感觉。进入夏天，梨子的模样渐渐就显露出来了，挂在浓密的梨树叶重点若隐若现。秋天一到，每隔一个星期，我就要到外婆家的梨树下数一遍梨子的数量。可惜，每次都数不清楚。有时候明明上个星期数着是有一百零六个，下个星期再数，却翻来覆去也只能找到一百零二个。数到后来，我便知道，鸟雀提前替我们啄食采收了四个梨子。

气温开始下降了。一阵风刮过，一场秋雨眼看着就要到来了。忽然，一阵大风吹过来，梨树的树枝晃动了几下，啪嗒一声，一个熟透了的梨子被摇落到了地上。它从那么高的树冠上落下来，摔得打了两个滚，但是因为地上正好长着些青草，梨子并不会被摔个稀巴烂。我赶紧跑过去，将被风吹雨打摔落的梨子捡起来捧在手里。梨子身上有了几个被沙子或枯枝咯出来的坑洞，看上去有几分怪模怪样。但吃梨子的人毫不在乎。也有一些砸落下来的梨子已经被鸟雀啄食掉了一半。这个时候，我们便确认，必须赶紧将整棵树上的梨子都摘下，否则就要被更多的鸟雀们捷足先登了。

村子里的人也打猎。打得多的是野猪野兔和山鸡。但打猎的人只是冬天里农闲无事时上山改善伙食。村子里的猎手都不是专业的猎人。他们一年上山打猎的次数极其有限，猎杀的动物从来不为售卖。这种行为，就类似于发大水后去河渠里捞鱼、田地平整后去抓泥鳅、黄鳝。

古书里说春天不许打猎。自然经济状态而非商品经济环境下的山里人深谙与自然相处之道，他们不但春天不打，夏天也不打。春夏和初秋，这些季节里只有遇到野生动物祸害了地里的红薯玉米，才会有意识地去追猎。当然，如果辛苦种出来的食物被糟蹋了，自然不会放过。再说了，村民们其实已经为这些大自然的邻居们留下了一些食物让它们过冬。除了被动物们提前不告而取的那一小部分，人们种植的坚果类树木，果实总不可能真正采摘得一干二净呀，而稻子收割后零落的稻穗、花生采挖后剩下的落果、红薯收获后遗漏在土里的块茎，也都是送给动物们的礼物。

冬天里的打猎也是过去的事情了。最近十多年，村子里再没有一把猎枪。野兔有时候会被家里养的土狗叼回家，野猪有时候在山窝里撒欢。荒废了的田和地，重新变成了野生动物的家园。它们夺回了领地，取得了胜利。

大地上的芬芳

到草木中间去，感受这大地上的芬芳，感知那些开花的植物之美。

很显然，这大地上所有的花都有它自己的香，只是我们不一定感知而已。一朵花的芬芳是客观存在的，不管我们是否闻到。同样的道理，一种植物或一朵花的存在，自然有上天安排它存在的理由。它负责让整个大地变得芬芳。

这大地上的植被，如果一定要分出高下的话，花无疑是其中最高雅或尊贵的一种——最少，在当下的大众价值观里面如此。但过去并不一定是这样。过去只有禾苗，只有被称为"嘉禾"的植物才可能被进献给一个国家的君主。无论什么时候，大众的价值观都是以一个事物的稀有、珍贵和实用程度来作为价值判断的。实用在很多时候比稀有和珍贵这两个判断标准更为重要，当然也很可能这两者本来就是一组同义词。实用可以被理解为"值钱"、可以兑换出更多货币。现在，在果腹之粮得到满足之后，开花的植物，美丽和芳芬的植物，可以为人们提供更多的满足感，自然被视为更加高雅和尊贵了。

不要跟一个吃了上顿没下顿的人谈论在食物上雕花、拼图的意义；不要跟一个无法确保自身温暖的人讨论舞蹈的美感以及舞蹈服饰的精致。同样的道理，在达成温饱之前的农民，你不要问他漫山遍野田间地头恣意开放的野花的美丽和芬芳。

春天的时候，我在窗台上种下几盆茑萝。茑萝，听着这名字就很纤弱、柔软，小家女子的纤弱，给人无比婉转的美。事实上也确实如此，它们绕着防盗窗攀爬、开花，很快染绿了整个窗户，将书房的窗台妆扮得诗意盎然。但某一天朋友来访：你干吗种茑萝啊？秋天枯萎时会飘得到处都是枯叶细屑！

夏天的时候，我发现如果要形容美丽和柔软、形容与女子有关的如水之美，也许清澈溪流里绵软招摇的"丝草"，会是最贴切的一种植物。但母亲听了我的抒情之后，淡淡接了一句：小时候你不是经常拔一大笼丝草去喂鱼吗？

所有的诗意霎时荡然无存。他们看到的景象与我感知的芬芳完全不同。

现在很多人向往农村田园，那一望无际的绿，那无处不在从春天开到秋天叫不出名字的细碎花朵以及弥漫于整个农村的草木芬芳。但是，如果你深入到农村的生活，就会发现，除了在媒体宣传下被改变思想的极少数农民，其他农民是不会愿意专门去"观赏"这种芬芳和美丽的。对他们来说，这大地上芬芳的花朵就在那里，只是一种自然存在，不是值得特别关注的东西，就如空气和雨水，不值得专门去留意和赞叹。

最近几年，曾经司空见惯的油菜花，在一些地方政府的刻意营造下，也成为了一种旅游观赏的重要资源。每到花海搭台经济唱戏的"油菜花节"，乡村道路上车来车往无比繁忙。城市里的人，从水泥森林走出，到田野里匆匆走动一下，对着花朵的芬芳深呼吸几口，拍下几张照片再吃餐农家饭，然后上车，继续返回水泥的牢笼享受生活。之后，网络上开始无比矫情地表白：昨天到看油菜花海，真壮观真漂亮啊。

一直生活在农村的母亲说：这有什么壮观漂亮的，从小到大，每年的春天，推开门不都是望不到边际的金黄色油菜花吗？她对油菜的感情不来自花朵的芬芳或色彩，而是夏天来临时饱满的油菜荚和清亮的菜油。

我不能说她亵渎了这大地上的芬芳。或许，我应该从另一个方面，说她看到了这芬芳的本质。

对一个事物的判断，总是受制于我们的学识经验、我们的利益需求，以及我们的立场角度。

我曾将种花与种菜的关系粗暴地归类于形式与内容的关系，或者是爱情里面玫瑰花与爆米花的关系。但是很快有人对此进行了反驳。种花绝对不是一种形式。它是一种追求，一种生活的内容，一种对自然之美的尊重。很多植物能够提供输蔬果、粮食，这实惠的一切。但作为一种长花的植物，并不能提供这么实惠的东西。是的，花朵的芬芳不能提供温饱，但它比温饱更高一个层面。

这样的争论是不可能有结果的。每个人的学识、立场、思想、态度，决定了他的观点。

这世界上肯定需要大量养活人类、牲口、昆虫与野兽的植物；但这大地上肯定也还需要一些提供芬芳、色彩、愉悦与美感的植物。

很显然，从植物学来说，作为一株植物，结果之前当然是长出花苞、开出花朵。但是，我们必须明白，这大地上的花朵并不一定都会结出果实，尤其是可供人类一饱口福的果实。这大地上的芬芳并不一定都能如稻花香、桃花香一样最终能够转化为可以果腹的甜美。

它们只负责吐露芬芳，只负责短暂的美。

对于那些多年生草本植物来说，例如蜀葵、百合、大丽花、芒草、萱草，更是如此。芬芳只是当下的，甚至它们自身的生命也只是当下的。它们一年一会，到了冬天，芬芳就会消陨，地上的枝叶枯死、败烂。然后到了第二年，从深埋于大地的宿根重新长出来一丛枝叶，重新展示自己的芬芳。我固执地认为，这些新生的枝梢和新放的芬芳，已经与去年的没有任何关联。它们不是兄弟，不是父子，只是依附于同一个地下球茎吸取养分的同类而已。这样的想法让我对大地上的芬芳充满了爱怜，它们那么短暂，难以留住；那么竭尽全力，用此生所有的芬芳，美丽这素不相识的大地。

有时候我很疑惑，这大地上的芬芳除了味觉与色彩的美之外，还会有其他一些长处，例如智慧吗？

这个疑惑来自于某一次我偶然发现很多植物其实都懂得：先要生存，之后才考虑开花。植物的聪明可能远比我们想象中更令人惊讶。如果一株植物养分不足，有限的营养就会优先供给发芽长叶和维持生存，而不会开花。只有营养足够维持生存成长并同时开花，植物才会选择孕育和吐出饱满的花蕾。甚至，即使开花了，一旦植物发现自己的营养不足以支撑结果，也会很快做出决定：这次只开花不结果。

而一旦开花结果，就要考虑尽可能结出更多、更有效的种子。为了一代一代活下去，花朵必须尽量让自己更加美丽和芬芳，只有这样，才能吸引鸟雀蜂蝶来为自己充当义工。据说花朵的绚烂色彩最主要是为了招蜂引蝶；据说有些花朵只在早晚开放，靠浓郁的香味吸引昆虫；据说有的生长在高山上的植物，花朵颜色是昆虫所不喜欢的深黑色，为此，这种植物会选择在暗夜里开花，并散发一种更为特殊的浓烈香味来吸引昆虫来为自己授粉。

芬芳的花朵开过之后，大地上的植物以饱满的果实喂鸟雀以浆果，再借助鸟雀带领浆果内部的果核来一次长距离的旅行。这芬芳花朵的后代，也就得到了更远更大的生存空间。甚至，很多植物的果实之所以拥有那么饱满和甜美的果肉，可能也仅仅是为了落地之后借助果肉的腐烂给种子提供更多的水和养分。一棵植物以其最大的努力为果实输送水和糖分，我们人类与鸟雀一起瓜分了它们。幸好，我们为了贪图这浆果而顺便帮助它们进行了种子的搬运和传播。

美丽和芬芳，是这大地上的植物生存和繁衍的重要途径。

但那些没有美丽和芬芳的花朵怎么办？例如，卑小如蚂蚁的某些细碎花朵，单朵的芬芳与色彩，都不足以吸引一只昆虫的光顾。但是，它们同蚂蚁一样，懂得在一个大的群体中隐藏个体的不足而展现整体宏大之美。我印象深刻的，是苦楝树的花，分开后一朵一朵非常不起眼，但往往一开就是一大簇，成为花束、花团，色彩和芬芳浓郁得让你不能不想起那些如繁花似锦花团锦簇的词语来。同样懂得团结的，还有芒花、草籽花（紫云英）、油菜花，等等。无一例外，这些都是与乡村、与农村大地紧密相关的植物。

更让一个研究大地上芬芳植物者惊讶的是，除了生存的智慧，除了团结的力量，很多开花的植物甚至还懂得自我修复与自我净化。如同一只家养的猫狗或其他野生的动物懂得寻找草药为自己疗伤治病一样，在面对这浑浊的生存环境时，一些花朵也可以自净。

大地上这些芬芳的植物原先都生活在深山，在不染纤尘的水边或原野，多么清净和优雅，但现在却不得不面对嘈杂、尘土飞扬，不懂得自净的植物甚至连本来面目都会被灰尘遮蔽。

每到春天，小区内的几株大树总是率先开出紫色的花朵，浓烈，但又清幽。接连很多天，光秃的枝干顶着丰满的花朵在春风中招摇，很是打眼。直到花朵一瓣瓣凋零了，树叶才慢慢冒出芽来。这种开花的树，我后来知道了它叫辛夷，一种可以作为药材的植物。很显然，古书中一直拥有自己名字的辛夷原先是长在深山的，后来人们觉出了它的药用价值，就将其移植了出来并渐渐繁育。再后来人们觉出了它的观赏价值，于是便又开始在各大城市、小区到处种植。至于作为药材的辛夷本身，可能倒渐渐被更多的人遗忘。

植物的价值从来如此，植物的命运从来如此。

有些珍稀的花草，一直养在深山人不识，这无用之用才是真正的智慧。它就在那里，不张扬，不知名，在草木间平凡地活着，生根、长叶、开花、结籽、繁衍，在花店里你找不到它。直到有一天，某一个爱花的人，无意间在山野里千百种杂草中发现了它并细心剔选、移栽、繁育，一种全新的名贵花草又有了身价、市场和种种美誉。

最初，兰花就是如此吧。兰花最初当然也不过是无数种野草中的一种，卑贱而自在地生活在大地上、杂草间。被山间的野兽和偶尔进山的人们踩踏，或一把镰刀的胡乱刈割。然后某一次被人喜爱，拔高，小心培育，有了一个叫作兰花的名字。可是，空谷出幽兰，后来又怎么样呢？更多的人涌进深山，山谷山涧，凌乱一片。兰花的身价倒是上去了，但移栽到花盆的兰花本身呢，它所喜爱的清泉石上流、山风与鸟鸣，最纯净的泥土和雨露，再到哪里去寻找？据说，这大地上的兰科植物有1000多属20000多种。有的时候，那些被筛选培育出来供人观赏的几千种名贵兰花会不会想起它们依旧在山谷中作为杂草存在的堂兄堂弟？或者，那些目前已经被选育和命名的兰花就真的比那些依旧在深山里自在生长的野花更芬芳更美丽更珍贵？往远一点说，这些年来不断被抬高身价的带有芬芳香味或美丽色泽的红木，在最初不也是一种普通的植物存在吗？几千年前，砍柴的樵夫面对荒山中那些现在被称为花梨香枝酸枝的小树，一刀下去恐怕不会有什么犹豫。或许，若干年后当现有的几种红木都绝迹了，会不会又有现在的某种很普通的树木晋身新一轮的名贵木种？

如果这样，不如纯粹回到草木间去感知花草之美，不如纯粹到山野间闻见这大地上最真实的芬芳。

花不落

继续说花。

昨日车停桂树前，一夜微雨不曾闲。

清早出门上班，一眼瞥过去，顿时惊喜得有些懵了。车顶上均匀地铺了厚厚一层金黄色的细碎桂花，而挡风玻璃上的落花则显得有些稀疏。引擎盖与挡风玻璃联接处的凹槽里滑落的花朵堆积，伸手一抓就是一大撮。如果此时有相机，镜头下绝对是让人惊艳的一幅清秋图。

弥漫的芬芳让一个赶着上班的人动作都慢了三分，似乎舍不得破坏了这个画面。这落花真好。这花落得真好？这句话的后一种表达似乎有悖于多数人的人情，又似乎有一种破坏性的美感。

世间的事情，花开花落当然是常态。多数的花总是美在繁茂的极致处。或者说多数的人，总是沉迷在扑鼻的芳香和悦目的色彩中，那是花开正好的时候。至于花落，多数时候总是雨打风吹去的。桂花在一定程度上除外。有的花朵是一到凋落便散了，一瓣一瓣零落在风中。也有的花更从容一些，它们是整朵花全须全尾地从枝头脱落。桂花就是这样，一阵风吹来，米粒大小的花朵完整地落下。坚持不落的那些，在酝酿椭圆的桂子。

前人说人闲桂花落，那是契合了某种文人的小趣味的。需要静，需要孤独，需要纯粹的自然环境，清风与树叶在和着闲坐者的节奏，一朵飘落的桂花落到青衫上、头发上。然后又一朵。

桂花太细碎，落花之声要入人耳入人心，似乎对周边环境的要求有点严苛。桐花要好一些，它的花朵掉落下来，安静的环境中似乎有轻微地响声，清风里也有簌簌之响，更容易被人们所注意。桂花与桐花，一个管秋天的末尾，一个管春天的末尾，都是清寂而和煦的时光。

这种时光里适宜走走停停地漫步，抬头看天，或看花；低头看水，或看草。若路遇桂花，当然也免不了驻足。她在枝头以成簇的花瓣与浓郁的香味引街头巷尾的人注意。这种注意更多的是嗅觉而不是视觉的，只有当她落了满地，才真正回归视觉。

而桐花稍有不同。桐花在枝头的时候几乎完全是寂寞于山野荒原了。我看过不少拍植物的摄影图片，桐花在树上挂着的时候，似乎很少有人将她拍得美而纯，但落满了一地便不同了。她的美纯净、柔软，让人怜惜，仿佛在厚实的地上美到了婉约的极致。

而烟花与此类似。烟花的美几乎是在酝酿阶段便付出了全部生命，一朵花离开自己的根，冲天而起，在夜幕上绽放。烟花从迸发火热的那一刻起就是宿命的，先破然后才有可能立起来。他的美干脆、绚烂，让人震撼，仿佛在阴柔的夜里美到了阳刚的极致。

这些花都是美在身后。它们美得决绝，从不自怨自艾，但从来惹人怜惜——那淤泥里堆积的桐华粉嫩清软，鲜明的对比本身就是对心灵的一次冲击。

所谓义无反顾，所谓孤注一掷，这个大概是最好的阐释了。

这真是奇怪的事情，仿佛义无反顾和孤注一掷也会传染，也会浸染到某块土地的气息之中。在烟花主产区江西上栗，从元末弥勒教农民起义到萍浏醴起义再到湘赣边秋收起义，每一代人，都不缺血性男儿，每一代人，都绽放了阳刚的花朵。这些人看到了未来可能实现的理想，看到了身后可能实现的美丽，于是义无反顾，于是孤注一掷，仿佛殉道一般豁出去，只为在心里默念着的某种可能。也有花开了就不愿意落，它们苦捱在高高的枝头，让人看着它们渐渐变枯、渐渐变黄、渐渐变黑，忍不住一声叹息。

推己及人，推烟花而及其他花，忽然就对开花落花的植物有了一种悲壮般的感怀。对于那些秋天里开花落花的草木尤其如此。秋天了，在彻骨的寒冷到来之前，用尽大半年积蓄的所有力气，开出最灿烂的花朵。这是毫无保留的绽放，是急切殉道的外现，错过这仅有的秋阳，便要等待来年再有温暖了。

如果可以，相信会有那么一部分人希望花不落。花不落就没有果实。没有果实有什么要紧呢，保持繁花之美就是一种结果。

但花终会落。不止花会落，叶子也会落。不止年老的叶子会落，年幼的叶子也要落掉很多呀！那些新生的嫩芽，总有一部分，或者是一些部位，会在准备舒展壮大的过程中落到风中。那个时候，嫩叶与落花一样，都是树枝上最柔弱的一部分。

时间是春天，或者秋天。气温舒适得让人脚步放松。而头顶的树木是有着神性的。仿佛咳嗽一声，那柔弱的部分便落了下来。像打太极的老人、像素手调茶的女子，慢而美。落在草地上的嫩叶和花瓣，仿佛睡着了的女人一般干净柔软。

我敬重盛极而衰的美好和生命力，这也是对一切自然岑寂事物的顶礼。雪后的山谷是自然岑寂事物的典范。

忽然想起来，雪是不是天空的另一种落花或落叶？一大丛的云，一大片的水汽，从地面带着丰沛的情感升腾到了天空，如一株植物成长到了一定的季节，然后它们准备回到出发之地了。天空的落叶比树木的落叶从更高的地方飘荡下来。

江南本应有雪，但幼年常见的雪近年来竟然在这个赣西小城几近绝迹。只剩下一座海拔接近 2000 米的武功山还被动地承担着一种对雪的怀旧和念想的功能。在多年不曾畅快下过一场雪的萍乡，人们多少患上了一些想念雪的怀旧病。但天气预报似乎不能解除这种病症，只有武功山，一年几场薄雪妆点着人间，让怀旧的人、等雪的人心驰神往。

住山下的人们，念想着这天空的落花。它不落，它矜持，你也拿它无法。

相对没那么矜持的，是木槿，是杜鹃。它们都开得热烈，开得亲民。

木槿在赣西的乡村里惯常被用作围成长长篱笆墙。这种高大的落叶灌木生命力极强，春天的时候，随便砍下一段枝条，插入泥土，很快就可以生根发芽活过来。如果水分充足，当年便可以长高一大截儿，并且开始开花。木槿花清炒，在餐桌上是一碗很招人喜欢的菜肴。

将花作为佐饭的菜肴，这是我们农村对木槿花的喜爱的表达方式。而在更为文雅的领域，木槿花有着自己的花语："坚韧、质朴、永恒、美丽。"据说甚至还因此被评为了韩国国花。每天清早，木槿花就在我的绿色篱笆上开得无比热闹，而到了上午 10 点多，花朵又会闭合耷拉，直到傍晚，再次绽放。就像太阳不断地落下又升起，就像春去秋来的四季轮转，生生不息。这也像一个懂爱的人对另一个人的爱。在这个俗世里面，面对纷扰，面对伤害，面对时间流逝，永不放弃，继续温柔地坚持，没有什么会令他们动摇自己对爱的信仰和选择。

据说木槿有着悠久的历史，这种植物在诗经中就有记载。《诗·郑风·有女同车》说：有女同车，颜如舜华。这里面，舜，就是木槿。像木槿花一样的女子，又是一种怎么样的美丽呢？但是人们更多地不是因为木槿的美丽，而是因为它的实用。我的乡邻父老，都喜欢在自己的菜园四周将木槿插成一排，长大之后用竹片一夹，就是密实的篱笆了。

木槿的花开在夏天，而映山红的花朵则在用自己独有的芬芳氤氲着春天之美。

这种学名杜鹃的山花很长一段时间以来因为其颜色而被人为地附加上了关于坚贞、关于革命的寓意色彩，至于它作为花朵本身的娇美，反倒被人有意无意淡忘。

事实上，杜鹃花并不仅仅只有红色一种。如果你到四月的春天深处看看，就可以发现，那柔婉的紫色、娇媚的粉色、无暇的白色，都可能成为杜鹃的衣裙，炫彩在清晨的山野。如果我们愿意，当然也可以将那满山的杜鹃称呼为映山粉、映山紫、映山白。只是，这样的称呼，是不是会显得别扭了一些？

对。似乎其他所有称呼都会显得别扭，只有"映山红"才贴切地表达了这山野之花的恣意、奔放、热烈，仿佛整片山峰都是它的舞台。一簇簇，一丛丛，绽放成燃烧着的火焰与红霞，你无法不为它震撼。

有的植物馈赠人类以果实，有的植物馈赠人类以芬芳，而杜鹃馈赠人类以色彩的盛宴！一小片映山红仿佛就可以点燃整座山谷的草木，点燃春雨霏霏里最壮烈的火焰。

在最偏僻、最贫瘠、最荒芜的山头，杜鹃花都在盘踞，随时等候一阵春风的召唤，举起缩微森林般的火炬，向春天致敬，向山野里最原始的草木致敬。在此之前，杜鹃整个冬天都在杂草灌木中隐匿身形，矮小丛生的身躯让你并不容易注意它们。但是一到春天，突然你就会注意到满山的绿色中爆出了大团大团的艳丽红云。

事实上杜鹃也并不都是我们常见的高山杜鹃那么矮小丛生，在深山里你会发现，长成两三米高的杜鹃树非常普遍。1919 年，云南甚至发现了巨人般的大树杜鹃，它树高 25 米，胸径 87 厘米。一个英国人对此非常惊讶，当即想办法将这棵树龄高达 280 年的"杜鹃巨人"砍倒，将树干锯了一个类似现在厨房里铁木砧板的圆盘状木材标本带回国，陈列在大英博物馆里展出，一时轰动世界。

上好的映山红大都只成片生长在一座山峰的半腰以上，以此躲避人群的喧嚣，要亲近它们，你必须付出体力与毅力的代价。当然，在少人打扰的悬崖边、山脚下，你也可以发现成丛成簇的杜鹃在迎风灿烂。甚至，在城市的花圃、绿化带上，你也可以发现被人工繁育改良后四季里凌乱开花的杜鹃——但那并不是杜鹃的本真面目。

杜鹃花习惯于以团体作战的方式俘虏一个贸然闯入山野的人心。它们无比浩大、无比张扬，但是却又不失雨后带着水珠的清丽和娇雅。万紫千红这个词语，似乎最适宜形容漫山遍野浩瀚如海的杜鹃花。看到它们，你就会明白，杜鹃其实并不希望自己仅仅作为某种口号般的象征存在。她更愿意作为春花的一种，在最美丽的季节，亮出最精彩的红粉之美，向春天致敬。

近些年来，这个城市的道路两旁又多出了一些玉兰与辛夷。这两种极易混淆的植物当然是玉兰居多，辛夷只在某条街道的一小段站立，仿佛是不小心混进了正规班的插班生。每到春风吹过赣西三月的时候，那三四树粉紫的辛夷就站在风里，安静而优雅，让人觉得仿佛不走过去看一眼都对不起它们似的。但是你若真的走过去，一阵风过来，忽然就觉得脖子上有些清凉，一面紫一面白的花瓣悄无声息地落在了你身上。

辛夷的花期太短。你想花不落，花却终要落。你想给花以怜惜，花却回你以豁达。

像秋天的叶子，已经经历了足够多的事情，看淡了世间事，便有了风轻云淡的豁达。

某一年你坐在年轻时生活的乡村后山，仿佛坐了一整个秋天。深秋了，树上的秋色，还不够深！只有傍晚的阳光透过树冠后才深。这时黄叶足够黄、足够亮，似乎枝叶笼罩处的整片空间都透着金黄的光晕。

秋天傍晚的阳光几乎是一年里最美的阳光，他们纯而正，温暖也温柔。侧面照着高楼，照着山峦，照着一树充满睿智的叶子，秋色便是真正的秋色了。

当然时间越来越急，天一天比一天黑得更早，这秋色里独有的夕阳，留恋不了多久就落下了。

就像那些落与不落的花，最后都落到了地上。更多的美好迅速铺满一地，等待认领。

无用之树

走到傍晚才发现

无用之树越来越少

留下的都是可有用之材

你为此悲伤，不舍

多年以前并不这样

苦楝、喜树、姿态各异的杂树灌木

在天地间自在开着花或不开花

你对这世上的万物着迷

着迷于它们由小而大的整个过程

作为饲草的杂草与作为木柴的灌木

由小而大的过程都一样

它们并不相互争夺领地

这世界需要食物、桌椅，需要木柴

也需要仅供遮挡太阳或散发芳香的植物

现在它们都不在了。它们整齐划一

外出行走时你甚至在想

如果删去山野大地上那些无用的植物

这野外还能不能称呼为野外

——《无用之树越来越少》

开花的植物在一定程度上都在为这个世界的美丽做出努力。

但很多人不这样认为。他们认为，这些植物如果能够结出甜蜜的浆果就更好了，为人们提供美味的来源。而这世界上不结浆果的多数植物尤其是杂七杂八的树木，都是无用之树。

还有一些不能作为用材之树、结果之树的植物，被人们引向了另外一条道路，成为观赏植物。

《病梅馆记》里的病梅，无疑是其中的成功者。

更多的草木从山上移植下来，配以老桩、原生等等之类的名词，一番引导之下，便也成了有用的观赏植物，成了有价的盆景。

曾经很多的野花野草、杂树杂木，就这样渐渐改变了身份，由无用的草木变成了身价不菲的有用之物。

只是，这种风潮有时候变化太快，刚刚流行过案头清供的石菖蒲，转过身又变成多肉植物人手一盆。这有用与无用，转换得有点快。

这种风向改变最明显的是苗木。

一种树木成为城市绿化植物的新宠之后，很快就从不起眼、不值钱、野生野长自生自灭的杂木变成了人工繁育、多方推广、价值颇高的主流树种了。如果植物也有智慧，并且它们也有扩大种群和繁衍延续的原始欲望的话，这种树木无疑就是成功了的。

例如曾经在乡村山岭间长期被归为杂木的栾树、枫树、喜树，有朝一日成为了城市景观树后，各种苗木基地便大量繁育、普遍种植。甚至连杨树这样在南方公认为无用杂木的树种，也曾经一时风靡几省。

又例如曾经普遍被村民们称为"茅柴"的小灌木檵木、映山红、女贞，被选作了绿化观赏品种后，也都改变了野生野长自然繁殖的状态。

这种成为绿化品种而被商品化繁育的种苗，人们称之为苗木。苗木在苗圃里的繁育时间可长可短，毕竟，一棵树木不需要吃饭。才刚刚萌发的新苗也好，已经养护了十年半年的大树也好，只要能够卖出去，就都是苗木。苗木的繁育和销售，是一个庞大的产业。

是的，产业。人类帮助各种各样的树木繁殖、育苗，并将它们推广种植到大大小小的城市街道上，成就了一个产值巨大的产业，激活了一个从业人员众多的绿化行业。赣西萍乡就有乡镇被誉为中国花卉苗木之乡，一家家花卉苗木企业既提供绿化方案，也供应各种苗木。

苗木移栽是一门技术活。需要足够的耐心，也需要足够的细致。书上说，只有草木是世袭的土著，从种子开始写下始终如一的籍贯。但自从绿化行业和苗木产业发展以后，已经有太多给树木迁户口的人。他们都是外科医生，为树木截肢。有的时候，一些树木发生术后反应，或者水土不服，温暖的根无法扎入冰冷的土，这个时候，移栽苗木的人员就得借助各种生根粉、营养剂等药物来进行护理了。在挂着吊瓶的树木看来，这些移栽苗木的人既是戕害者，也是建设者，抑或同时还是植物的关怀者。

因为移栽不易，苗木品种的选择和推广也就必须有所注意了。越是易成活的、好造型的树种，就越容易成为绿化苗木的主流。

但也有例外。绿化既然作为一个行业或者说产业，就不能不考虑其商业因素。一种苗木变得大众化了，价格透明了，自然商业空间也少了。此时，行业的操盘手们，就会考虑推介更多此前不被人注意的冷门树种作为行业新宠。

当此时，曾经风靡一时的苗木便会被打回原形。近年来比较典型的是桂花树。十多年前，桂花树几乎是各地城市绿化和庭院景观的必备树种。一时之间，苗圃里抓紧育苗者有之、囤积居奇者有之，甚至还有商人专门派人到乡村里转悠，看到有中意的桂花树便找人询价准备挖走。然而，十年过后的今天，同样的品种、同样的苗木，价格竟然降到了十分之一都乏人问津。

曾经十分"有用"的桂花树，不小心成了无用之树。

同样的转变也发生在杉树、松树之类过去最常见的用作木材的经济树种身上。时代的发展让木材被其他各种材质替代，木制品在生活中使用越来越少，曾经一树难求的状态大为改观。

林场的工人告诉我，现在请人砍伐一天的树，卖出去的木材可能还不够支付砍树的工钱和运费。

紧俏的树木顿时成了没有经济价值的树木。这种状况，也成为了封山育林在一定程度上的助力。众多市场经济利益曾让人眼红的树木，就这样被供求关系和市场价值所支配和保护，继续安然无恙地在山岭上挺立，一年一年缓慢地成长下去。

树木长得缓慢，它们在由有用转为无用后，无非是继续在原地增长一圈一圈的年轮。但另外一些有用的植物在时代变迁里变得不再那么"有用"后，很快就会泛滥成灾。

赣西乡村里常见一种楮树，又被称为构树，山坡园地、荒地路边易生易长。小时候我们偶尔采摘它的叶子在蚕虫缺少桑叶即将断粮的紧急状态下作为替代食物。现在楮树在野山野岭间长得到处都是，植株也由印象中常见的小簇长成了十多米的大树。它曾经是中国文化中重要的一种植物，甚至一度作为纸张的代称。过去很长一段时间里，楮树的树皮都是制造桑皮纸和宣纸的主要原料。现在工业化的造纸使得楮树几乎失去了用武之地，它们便重新回归了祖先被聪明的人类发现造纸功用之前的自然状态，在山野间自由自在地扎根、落叶，没有谁再对它施以青眼、加以干涉、多作关注。

多年的乡村生活经验告诉我，生命力和繁殖力都让人惊叹的苎麻也在渐渐泛滥于乡村和城市的各种荒地、空地上。一块土地只要有一两年没被使用，苎麻就作为植物的先头部队发芽扎根了。夏天里一阵风吹来，露出苎麻叶片背面的白色，形成一大片晃动的亮光。这种曾经被视作财富、用于制作麻绳麻布的植物，现在也回到了完全无用的状态。少了采割，多了空间，苎麻的族群自然越来越壮大，一时之间，几乎随处可见它们的身影了。

其实又何止楮树和苎麻改变了自己的生存状态，更多树木也在时代的变化中改变了命运。

林场的朋友告诉我，过去很长一段时间里，林场造林都是铲除灌木，空出土地种植作为用材林的高大乔木。但是，最近几年，有识之士意识到，必须更加重视林业的生态和景观功能。于是，山岭上林木的结构性改造被提上议程。人们通过阔叶林、针叶林的搭配，乔木与灌木的搭配，甚至是林木与原始蕨类杂草的搭配，更加精准有效地涵养水源、维护森林生态的平衡。至于说调整树木品种结构，形成山岭在不同季节的多种色彩景观，那就更是林相改造的基本操作了。

在这种改变和调整中，不同的树种，不同的草木很有可能就改变了自己的命运走向，由被抛弃的改为了被保护的，由完全没用的变成了很有价值的。

无用之树，在命运的转盘中等待一次叫停，然后是另外一次，一次次有用无用的转换。但它们宠辱不惊，依旧风轻云淡地站在大地上，汲取土里的水分和养分，慢慢拔高壮大自己的身躯，有风来了便摇摆几次，有雨来了便稍稍侧过身子，仿佛有用或无用，都与自己无关。

3. 诗意湿地

彼泽之陂

　　以亿年为单位，时光往前翻转，那是恐龙的时代，恐龙的世界。在那个时候，萍乡这片土地上，关于龙，又有什么故事发生？恐龙时代虽然很遥远，恐龙的遗迹却离我们并不遥远。萍乡，就曾经是个名副其实的恐龙王国。从2002年开始，人们陆续在萍乡发现了数量众多的恐龙蛋化石。那是一个水系与山系都非常发达的时代。

　　人类在地球上生活的时间，应该说并不是一个短期的历史，但与恐龙在地球存在的时间相比，它也只是一个短暂的瞬间。在中生代，从三叠纪到白垩纪，地球曾经是一个恐龙主宰的世界，在那长达1.6亿年的时间里，无论是平原森林或沼泽，到处都可以看到恐龙巨大的身影。

　　我们可以凭借自己的想象力和现代科技的复原推测，在6500万年以前，现在的萍乡所在地还是温热的海洋气候。这里湖泊沼泽密布，河流沟渠纵横，水面烟水空蒙，山坡草木参天。众多古老的鱼类，在河流湖泊里穿梭游弋；众多古老的植物，在河畔山脚荡起层叠绿浪。在这里，阳光温热，草木肆意生长，而食草类恐龙可以放开肚皮，尽情享用着这里的美食。与它同样以植物为食的其他动物还有不少，这片沃土养育了众多大大小小的动物。而这些动物，正好为食肉的恐龙提供了唾手可得的食物。中生代时期的萍乡，有着那么丰富的植物和动物，有着那么丰饶的食物链，怎能不使得恐龙家族在这里生生不息昌盛无比？

如果那个时候你来到萍乡，定然可以看到，庞大的、微小的、开花的、结果的……各种植物；吃草的、食肉的、潜游的、高翔的……各种动物。而这万物，都依赖于沼泽生存。

前些年，人们在上栗县金山镇白鹤村发现了古生物化石——三叶虫，还有海贝、海螺和海藻等古生物化石。有此可见，亿万年前萍乡是一片汪洋大海，展现出"沧海变桑田"的历史影像。

时间往后，到了先秦，沼泽也依旧是重要和常见的地貌。

彼泽之陂，有蒲与荷。有美一人，伤如之何？寤寐无为，涕泗滂沱。

彼泽之陂，有蒲与蕳。有美一人，硕大且卷。寤寐无为，中心悁悁。

彼泽之陂，有蒲菡萏。有美一人，硕大且俨。寤寐无为，辗转伏枕。

这段文字出自《诗经·泽陂》。在诗经里面，类似的表达不胜枚举，人们不厌其烦地描写沼泽地，描写浅水浅滩。翻开一部《诗经》，各种河、洲、泽、陂的地理指向随处可见，各种蒹葭蒲荷、荇菜萍藻等水生植物洋洋大观。

那时人们将水润之地称之为"泽"，还没有发明"湿地"这个词语。

现在我们统一用"湿地"这个富有现代生态气息的词语来指代这一切。

对于湿地，我最初的印象是来自影视作品。红军过草地，一片长着荒草的沼泽地看上去没有问题，然后人马一脚踩上去，慢慢地就陷入其中，越陷越深，最终没顶，想要救援都没有办法。

再之后，是纪录片里的热带沼泽，各种致命的动物出没其间，或温柔或狰狞地伺机而动。外来的生命一旦进入沼泽，很可能就遭遇可怕的吞噬。

然而，沼泽显然不是湿地的全部。湿地太广泛了。它是沼泽地、泥炭地、湖泊、河流、海滩、盐沼、水稻田、水库、池塘……的总和。即便是最狭义的湿地，也包括了地表过湿或经常积水、生长湿地生物的全部地区。

按照这个定义，我们日常所见的河流与河滩，自然也是湿地的一部分。尤其是《诗经》及其前后那一段时期，滩涂沼泽、沟渠水汊在南方地区几乎是常态，几乎整个南方地区都是湿地。

萍乡这个地方，历来被称为吴头楚尾，自然也属于南方。南方这地方，有一段时间被称为鱼米之乡，也有一段时间被称为蛮荒之地。

蚩尤时代的南方，当然还是蛮荒；孔子与屈原时代的南方，恐怕依旧还是荒凉感十足。至于气候温婉、鱼米之乡，那是很久以后的形容词了。

荒凉感十足的那个时候，萍乡正是处于吴头楚尾的节点上。楚文化的神秘影响着萍乡，传承久远的萍乡傩，正因此而兴。吴文化的婉转影响着萍乡，依水而居的人们，有着水润的性格。

也就是这个时候，《诗经》与《离骚》的时代，编《诗经》的孔子为楚昭王辨识出了于萍乡的河道里获取的祥瑞萍实，写《离骚》的屈原在并不很遥远的汨罗江水边徘徊。

屈原反复吟唱着香草美人，吟唱着河流里的水，河流边的草。他在为自己唱诵，也在为湿地和湿地植物们唱诵。

也许，我们可以说，《诗经》与《离骚》，是最早的湿地文化著作。在它们的距离不远处，《古诗十九首》也在进行一种印证：

涉江采芙蓉，兰泽多芳草。

采之欲遗谁，所思在远道。

还顾望旧乡，长路漫浩浩。

同心而离居，忧伤以终老。

——《涉江采芙蓉》

这所涉之江，这所抵达的兰泽，这采撷的芙蓉与芳草，不正是典型的湿地地貌与湿地植物吗。

不过，这时的吟咏唱诵，恐怕还只是对日常环境的某种文字外现，人们并没有从湿地中找出更多的特有诗意。

直到千百年后湿地被文人有意识地与日常环境区分出来，成为一种独具特色的风情。

书上说，纵观古今，人类的文明史就是湿地的历史，人类的生存离不开湿地。世界上许多河流湿地都为孕育古代文明提供了可靠的栖息地，成为人类古老文明的"摇篮"。历史上，悠久而伟大的尼罗河造就了光辉灿烂的金字塔古埃及文明；幼发拉底河与底格里斯河是古巴比伦文明的"摇篮"；恒河和印度河是孕育印度文明的"胎盘"；黄河与长江同心协力、和衷共济创造了华夏文明。

随着从湿地获取的物质不断积累，人们也开始从精神上享受湿地，发现湿地充满了诗情画意，开始欣赏湿地的美，从湿地获得灵感创作诗歌，从与湿地的相互作用实践中积累了湿地保护和发展的经验，获得了知识的启迪，懂得了要善待自然、善待湿地。

人类捕猎采挖，从湿地中获取食物，与此同时，也学会了真正将湿地作为一种不同于平原山岭的存在而进行讴歌。在这种与湿地的互动过程中，湿地帮助人类积累了丰富的物质财富和精神财富，推动着文明的脚步。

一千三百多年前，唐代诗人白居易写下了关于湿地的诗篇《自余杭归，宿淮口作》，一句"舟行明月下，夜泊清淮北"，尽显运河两岸峰峦之浑厚，草木之华滋，平岗之连绵，江水之辽远。

与白居易差不多同时代的李商隐写了《梦泽》：

> 梦泽悲风动白茅，楚王葬尽满城娇。
>
> 未知歌舞能多少，虚减宫厨为细腰。

李商隐可能居住在湿地附近，他还写了不少关注西溪湿地的其他篇章，也许足以成为"西溪"的湿地文化代言人了。

汪遵鹤则写了《彭泽》：

> 爱孤松云爱山，宦情微禄免相关。
>
> 栽成五柳吟归去，漉酒巾边伴菊闲。

孟浩然特别一些，一边写湖泊湿地，一边表达一下友情，他写了《望洞庭湖赠张丞相》：

八月湖水平，涵虚混太清。
气蒸云梦泽，波撼岳阳城。
欲济无舟楫，端居耻圣明。
坐观垂钓者，徒有羡鱼情。

而出自宋代词人李好古之手的《清平乐·清淮北去》则说：

清淮北去。千里扬州路。过却瓜州杨柳树。烟水重重无数。柁楼才转前湾。云山万点江南。

将湿地洲岛水路萦回曲折、水草迷茫、景物清寒的意象营造得别有风情，显得凄迷、朦胧、缥缈、无垠。一直到今天，都是人们对于湿地文化的某种标签式印象。

以"湿地"为关键词，到网络上搜索，更多相关的古诗词很快弹跳到了我们眼前：
湿地虫声绕暗廊。这是元稹的《夜坐》。
移瓶湿地圆。这是薛能的《赠禅师》。

配向东南卑湿地。这是白居易的《缚戎人 – 达穷民之情也》。

还有更多，王安石在《日出堂上饮》中说："乃令卑湿地。"

张祜在《送韦整尉长沙》中说："莫言卑湿地。"黄彦平在《岁晚楚亭集唐句》中说："愁宽卑湿地。"

艾性夫在《送客至灵谷》中说："雨花湿地人归晚。"

这里的湿地，显然与我们要讲的"湿地"不是同一个文学概念——毕竟，那个时候，湿地还不被称为湿地呢！但要从整体地貌而言，倒又有些殊途同归了。反正都那样，讲到江南烟雨，讲到东南湿润的气候，讲到南方的地理环境，无非都是一曲溪流一曲烟，诗意伴随湿地油然而生。

不转弯的河里自己都怕

一条河流从崇山峻岭间出发，一路向前，一路上汇聚了各种小支流的水、两岸的泥沙，声势越来越浩大，奔涌着向大江、大湖、大海靠近。

它跑得越来越快，越来越急，越来越汹涌。我怀疑它要刹不住车，就这样一直以极快的加速度一头冲撞进入江入海口。

幸好，一条河流在奔涌了一小段后，便转了一个弯。流水顿时放缓了脚步，一个河湾就此形成。幸好，一条河流在奔涌了一长段后，便汇入了一个洼地。流水顿时安稳了下来，一个湖泊就此形成。它终于没有在持续的加速度中失去理智。

> 一条萍水河转了六十九个弯
>
> 作为一片土地的哺育者
>
> 她不愿意走太快，累了就歇一歇
>
> 哪一个角落都是她的家，或儿女的家

后来她读地理，读水文资料

发现一条河流从不走直路

一条河流需要一些弯道来缓冲

一些水湾来沉淀

将顺流带来的泥沙杂物放下一部分

以更加轻松、洁净的面目奔赴远方

一条河流也害怕，一路直流而下

水流越来越重、越来越快

加速度下收不住脚步的浑浊之水

连一条河流自己都害怕

——《不转弯的河流自己都怕》

从河湾与湖泊再次出发时，流水的脾气变得好了许多，脚步也变得更轻了，面容也变得更清了。这一次缓冲，河流完成了调节径流、改善水质、调节小气候，以及为人类和其他动物提供的任务。

转个弯，停一停之后，我们的河流松了一口气，放下越来越沉重和浑浊的负重，终于轻盈了起来。

此前河流里一路裹挟而来的泥沙，在舒缓下来的地方渐渐沉淀、堆积，垒土为山，一个河心或河畔的沙洲就这样形成了。而水流本身也在冲刷着沿河两岸，靠水边的土地便渐渐被侵蚀出了一路的斜坡浅滩。丰水的时候，沙洲与浅滩便被水洇过；枯水的时候，草木便抓紧在沙洲浅滩上生长。

放下沉重的泥沙的同时，慢下来的流水也放下了沉重的毒素与废物。慢下来的流水也在想着向更深处潜行，一个小区域范围内的地下水因此得以补充。慢下来的流水在湿地里加速蒸发，微小的循环气候因此得以调节。慢下来的流水渐成自成一体的生物圈，这种天然环境因此成为了重要的遗传基因库，维持着野生物种种群的存续。

慢下来的流水行经之处，便是湿地。借助洼地湖沼，它们散得更开、蓄得更广，很好地调蓄了水流，让洪水得以控制。沿着转个弯慢下来的河流，河湾、湖泊、沙洲、浅滩，一处处中规中矩意义指向的湿地便形成了。有了这些湿地，一条河流终于不再害怕自己失控。

有了这些湿地，更多事物便都被纳入到一个庞大而有序的体系之中，它们如同一个受力均衡的多向跷跷板，在内部形成某种微妙的平衡，各得其所。

教科书上说，地球上有三大生态系统，即：森林、海洋、湿地。森林被称为"地球之肺"；海洋被称为"地球之心"。而湿地生态系统是湿地植物、栖息于湿地的动物、微生物及其环境组成的统一整体，被称为"地球之肾"。它覆盖地球表面仅有6%，却为地球上20%的已知物种提供了生存环境，具有不可替代的生态功能。从这个意义上讲，湿地无疑是自然界生物多样性最丰富和生态价值最高的生态系统之一。

人类、动物、植物和所有的生物一方面从生态系统中索取生存所需，另一方面生命作用也对周边环境产生影响。一种生物生命活动的废物排放会使环境恶化，另一种生物会因需要这些物质完成生命活动而使环境得到净化。

彼之砒霜，吾之蜜糖。植物在利用太阳能进行光合作用制造碳水化合物时，排放的是氧气，需要的是大量的氮、磷、钾、二氧化碳及多种微量元素，而人和动物在利用植物制造的碳水化合物及氧气完成生命延续时，体内排泄物的主要成份就是氮、磷、钾、二氧化碳和部分微量元素，当这些物质与土壤中以不同形式存在的金银铜铁硒硅等多种植物需要的微量元素结合后，经过植物根部的离子交换就会成为植物制造碳水化合物的原料。

植物在完成吸收营养的过程中，多种生物及物质共存的物理和化学作用，会将被吸收物质的分子解体，使各种元素在游离状态下重组，形成新的物质分子来到生态系统中。在这个循环里，地球之肺森林——地球之肾湿地达成了自我的完善，共同向好。

而人类，是这种"向好"的结果的享有者。

当然，这享有者也应该充当好维护者的角色。

2019年，我曾邀集一批志同道合者沿着河的两岸一路徒步考察萍乡的母亲河萍水河的湿地生态大系统。萍水河是一个大湿地，它一路的河流漫洇之处都是小湿地。

从杨岐山麓蜿蜒往下，沿河两岸，山林茂盛、鸟语花香，温柔的萍水河伸展腰身，便滋润了两岸村庄里的众多水稻田。以湿地为主要栖息的鸟类在河岸悠然自得觅食，跟人保持的警戒距离并不远；活动在田间、溪流和河岸的各种蛙类似乎在守卫着即将到来的丰收；清澈的河水中，偶有各种鱼虾在水草里穿梭……这些处于各个生态链上的生态位向我们展示着萍水河生机勃勃的一面。

沿途看到一些乡村河段正在大兴土木进行河道改造，原先的软泥堤岸被铲除开挖，工人们热火朝天地兴建混凝土护堤与河岸。从事湿地保护工作的朋友忧心忡忡，一路不断念叨着要建议政府机构更加深入地考虑考虑河道治理与生态保护如何共赢。在他看来，在考虑"治水"的同时，必须采取近自然改造措施，植以本地湿地物种进行护堤，这样形成的沿河湿地不仅能够稀释分解水体的盐分、浑浊和污染物质，还能保持湿地和周边生境的连通性，也为湿地生物的迁移提供生态廊道，为水生生物提供可靠的避难所。

朋友的说法是有效保护湿地生物多样性、维护湿地生态作用的重要方法。我很庆幸，有这样的朋友，在履行着"人间向好"这一循环格局的维护者的角色职责。

从萍水河边归来的几个月里，我一直在思考，河流选择它的流向，植物选择它的领地，动物选择它的家园，世间万物，都有一种无为而治的秩序与规律。湍急的流水里养活不了那么多的动物和植物，河流便转个弯，在回旋的空间里沉静下来，在天然的湿地里营造出湿地动物与湿地植物的家园领地。

数量与种类繁多的生命灵性，因此而在水系密布的乡村田野里得以舒展。

以前在乡村里住着的时候，我每天晚饭后沿着门前的河边行走。这条河流宽阔而清浅，在夏夜独具魅力。我记得小时候河水是比较深的，但是现在不深了，裸露的河床有一半成了沙洲，渐渐地就长满了各种青草。暮色之中，这绿毯似的厚实荒草在水光映照下显得有几分迷离。

性急的捕蛙者早早出来，带着手电、提着蛇皮袋在沙洲上走动。我总担心他在草丛里走过时被乘凉的蛇类咬伤。事实上这种担心是多余的，捕蛙者很多时候也是捕蛇者，反正都是在夜晚抓取动物去换钱。这个行当在我们乡下并不被人尊敬，大家认为他们是在为了钱而伤生贩命，尽管有时候出于害怕，大家也希望他们能将附近的蛇都抓走。并且在传言里面，因为经常抓捕生灵去换钱，捕蛙捕蛇者往往不得善终，不是被蛇咬死就是出了其他意外受伤重病。我还记得小时候大人总是跟我们说：青蛙有灵性，很多人抓了半袋子青蛙回去，放在水缸里面，盖上严密的盖子，再压上一个重物，第二天早上醒来，被子上、鞋里面，到处都是青蛙，而水缸里，只剩下寥寥几只了。

乡村里的人们，用这种带着神秘感的传言，传递着保护野生动物、维护湿地生态这种最朴素的自然真理。

他们的道德世界里，被湿地养活着的众多动物都是平等存在于人间的生灵，不应该被有意捕杀、伤害。他们维护着湿地的自然秩序。

不让人性的恶与任性，在欲望的河里里失控。就像今年，一道法令让烹食野生动物的滔滔之欲紧急刹车，转个弯，回复理智。

这是生态的福音，这也是自然之道。

美人甜蜜荷花美

在诗经里描写的湿地中，菖蒲、芦苇、荷花、美人蕉都是湿地边常见的植物。

很遗憾，美人蕉最早是作为一种甜蜜的食物而非美丽的植物被我所喜欢。

那时候父亲还在，他每天到龙背岭的山坡上挖取黄土制砖。晚上披星戴月回家的时候，身后必定跟着五六岁的我。

有一天的星月之下，我拉着他在路过的荒地上挖了几块黑褐色的植物疙瘩回家。那是美人蕉的地下块茎。白天的时候，我已经尝过美人蕉的味道，现在我要将它种回自己的家门口。就像我们喜欢萤火虫神奇的亮光，所以要将它捕捉到玻璃瓶里带回家。仿佛不如此，就不足以真正占有这些喜欢的事物。

从此，我们家有了龙背岭第一丛家养的美人蕉。此前的美人蕉都长在野外，在开荒的锄头之下、雨水冲刷之下，分离出一小块或一大块的根茎，辗转一个地方又在湿润的泥土里扎下根，春天里吐出卷曲的舌头，长成一丛一丛的绿植。

此时我看到黑白电视里的《西游记》，突然对芭蕉有了喜爱之心，我尚不知道芭蕉扇并不由芭蕉制成。而美人蕉，能不能算是芭蕉的一个缩小版呢？

不对，美人蕉虽然少了雨打芭蕉的意境，却多了红花的甜美呀。

卷曲的舌头渐渐长大，伸展成一片略近椭圆的修长叶子。一片片的叶子长成后，中心再挺拔而出的就不是嫩叶了，而是拔节出一根花杆，一枚又一枚的花苞堆叠在一起，一天天膨大。终于，裂开了深红色的花朵。与此同时，原先太过细小而不显眼的新花苞又在膨大和涌现，在它的身旁，另外一簇叶子中也拔节出了一根花杆。美人蕉从来都不是以株计数的，她一出现就是一丛，她一开花，就是好几簇。

最早的时候，龙背岭出现的美人蕉只有深红这一种颜色。因此在美人蕉开花的好几个月中，到处可见一簇簇火把般的花朵。

这火红的花朵有着奇怪的形状。最底部是一粒杨梅状的肉瘤，往上就是长长的花柄了。一瓣瓣的花瓣层叠包裹着花柄往上舒展，汇成花朵的样子。在花萼的中间，是一把形状如同长刀般的花蕊。

一朵花的花柄内部，有细小的空心内管。龙背岭的孩子们都知道，细小的内管里藏着花蜜。从靠近杨梅状肉瘤那一端掰断，便可以吸取花柄内部管道中或多或少的花蜜了。

我不知道第一次品尝到这草木内生的琼浆是在三岁还是四岁的时候。我只记得，那花蜜真甜。我只记得，那花开得真多。头一天吃完十几朵，第二天又绽放了十几朵。是的，我们将"吃"这个词语用在了美人蕉身上。为了这一丁点儿的甜蜜，我们直接忽略了她的观赏性，残忍地攀折了数不清的美人蕉花。

当然，也并不是每一朵美人蕉的花柄里面都藏满了花蜜，有的多一些，有的少一些，有的甚至完全没有半点花蜜液体储存在花朵内部的管洞里。这是什么原因呢？我的美人蕉，我的美人，你盛满琼浆的杯子，被谁一饮而尽，或者不翼而飞？

很多年后，我对美人和琼浆这两个词语都有了更多的了解，对于这两个词语的组合也拥有了更多的美好想象。有一天我回想起幼时攀折美人蕉吸取花蜜时，突然想到那句奇怪的诗句：痛饮生活的琼浆。

同样是在很多年后，我知道幼时这种家常的草木，竟然也有一个诗意的名字：虞美人。不过没问题，依旧是美人，依旧可以吸取满嘴的琼浆甘甜。

其实不止美人蕉，更多在龙背岭常见的小花小草，指甲花呀、牵牛花呀、猪婆草呀，都有自己更美更雅的别名。

这种别名有时候就是草木的学名，但龙背岭的人们不管，他们只按照自己的称呼作为正名，其他的称谓，都是别名。一种草木可能拥有数不清的别名，而同一个名称也并不指向唯一的草木。这真是让人头疼的事情，我乡村里的父辈们对一切事务都太随意了。对于身边的植物，看着像什么，或者怎么叫着顺口，就给它冠以什么名字，并渐渐递相沿袭。但是，转过一个山头，到了不远处的另外一个山村，这种草木很可能又有了另外一种名字。所以，我们看到中药药典里每一味本草名称后都跟随着一长串的别名；所以，用别名来指认一种植物实际是不可靠的，在一种植物拥有多个别名的同时，一个名称也可能指向多种草木。

例如虞美人，在美人蕉之外，我最少还见过另外两种被称为虞美人的草木，她们都具有美人的美感，拥有美人的面容和腰身。但只有美人蕉独有自己的草木琼浆。幼时所尝这种甘甜而残忍的花蜜，成为指认美人蕉最深刻的印记。

不止我一个人为植物打上这样的印记，不少朋友都曾啜饮草木的甘甜。不过，更多的植物赐予人类的琼浆不是花蜜，而是果实。植物学家没有告诉我们，人类概念中可食用的水果，其实对于果木来说应该被称为什么。一棵椰树或梨树倾其所有酝酿出充满糖分与水分的果肉，仅仅是为了让自己的种子落地后可以拥有腐烂果肉所提供的生长营养。而我们常常将一个西瓜全部的水分和营养全部抢夺，剩下一颗颗光溜溜的西瓜籽。这椰子梨子和西瓜的孩子再也吃不到母亲为自己准备的甜蜜琼浆，即将死于垃圾桶里的饥渴。

而数量众多、面积庞大的城市湿地里，种植着一丛又一丛的水生美人蕉。它们作为湿地植物，回归了诗经时代的本性。我没有品尝过它们开出的花朵是不是也积贮着涓涓的甜蜜。

严格来说，水中的美人还不是美人蕉，而是荷，是出水芙蓉。她同时还可以有众多的小名：菡萏、玉环、红衣、芙蕖、水芙蓉、水芝、水华、泽芝、藕花……

这种水生植物事实上比人类要更早成为地球的主人。它们与那些古老的蕨类一起，顽强地在恐龙时代活着，等待原始人类的出现，等待被人类认识、采集。这个过程有些漫长，漫长到要用万年来作为计时单位。当然，即使再漫长，这古老的原住民终于还是与人类的祖先相遇了。那个时候的古猿们，自然不会感觉到荷花之美，他们更直观的感知是：这种水生植物的根茎可以食用充饥。从此，人类的生活中有了荷这么一种实用的食用之物。

与蕨类植物同时代生活在地球上并最终成功活到现在的很多古老物种，或多或少都在摆着老祖宗的谱，保留着一点神秘和高傲。例如，桫椤、珙桐、大熊猫、小鲵……等等，都顶着珍稀或者保护之类的头衔。但荷花不这样。荷花依旧有着乡居邻家的人间烟火味，不要求特别的保护，不凸显自己的古老珍稀，它们与亿万年前一样，就生活在人们的周边，就美丽在人们触手可及之处。

在人类的祖先发现了荷之后又过了数百万年，公元前11世纪，当中国的人类进入了西周，荷花终于也从沼泽湖畔的野生状态走进了人们的田间池塘。这个时候，荷花及其莲藕不再是一种野草野菜了，它已经成为了一种被种植的重要菜蔬。更重要的是，从这个时候开始，荷花在食物之外，作为一种"花"进入了人们的视野，凭借它艳丽的色彩、幽雅的风姿深入到人们的精神世界。《诗经》中就说："山有扶苏，隰与荷花。"甚至，到了春秋时期，连铸造不易的青铜工艺品上都有了荷花的身影，这多少说明了荷花在当时时代审美中的位置和象征意义。再之后，到了公元前473年左右，大家都熟悉的那个吴王夫差还专门为美人西施修筑了"玩花池"，将荷花作为一种观赏花类引种到园池栽培。

赏花的除了西施，还有古往今来众多的士子文人。由于生长环境平常且随处可见，荷花可能是所有花卉中文人雅士们日常最为亲近的一种了——与之相伴的，往往还有采莲女子在江南水乡的嬉游之美、低头之柔。

荷花是亲民的植物，采莲女自然也是亲民的女子。在江南，几乎所有的田野都是深水浅水的世界，深处种菱浅种稻，不深不浅种荷花。作为一种几乎与粮食同样平常的植物，荷，或荷花，承载了太多人的理想主义。

亲民的荷花不用到高山之巅去寻觅，不用到险滩深处去探求，它就生长在朴素的乡村湿地，就生长在某一个文人的屋前屋后，袅袅地舒展着荷叶与莲花，开窗就可以见到，到阡陌间随意行走就可以接触。

而亲民的采莲女自然是有着邻家女子的真切可爱，在采莲的过程中有着憨态可掬的清纯而不是雍容精致的美丽。大户人家的小姐们更适宜在岸边亭台上赏花或最多乘小舟到莲池里品味一番。至于采莲的劳作，与她们还有着一大段的距离。要知道采莲并不仅仅有着诗歌里的优雅和风情，一不小心，莲蓬下带刺的茎杆对芊芊素手可是有着尖锐的伤害。所以，真正的采莲女，应该是邻家的女子，农家的劳作者。正是她们，给莲荷带来了女性的美感，厚重了从《诗经》开始到现在几千年的文学表达。想象一下，空灵的清早或梦幻的薄暮时分，淡色的荷花素雅地开着，凝翠的莲叶深处，一些莲蓬已经颗粒饱满，着青花衣装的农家女催动简陋的木舟深入荷香，采摘一朵朵的莲蓬。偶尔，也调皮地顺带掐下两枝半开的莲花捧到胸前逗弄……

这样的情景，有谁能够阻挡它进入诗歌之美？

这种君子之花，似乎连赏玩也自有其无需明示的规矩。有个叫周敦颐的理学大师曾在我所居住的小城当过一段时间监税官，后来写文章告诉别人说荷花"出淤泥而不染，濯清涟而不妖""可远观而不可亵玩"。

似乎确实如此，但又似乎不仅仅如此。资料上说，周敦颐在萍乡工作期间，附近的文人士子们都赶来相聚切磋，一时之间，小小的芦溪形成了文韵氤氲的小气候、小生态。

就像莲荷与美人蕉，就像菖蒲与芦苇，它们作为湿地植物，扎下根来，便形成了内循环的湿地生态，让湿地显出独特的风韵。

阳光背面的草木

在庞大的湿地生态系统里，苔藓可能具有某种标志性的意义。

作为陆生生态系统和水生生态系统之间的过渡性地带，湿地的土壤很多时候是浸泡在水中或者最少是湿润的。这种特定环境下，很多湿地特征植物找到了最佳的安生之所。喜湿的苔藓是其中的重要一种——事实上，很多湿地就是以密布的苔藓作为鲜明特征和辨别指标的。我们已经知道，在更古老的岁月里，整个地球都是一个沼泽水汊密布的湿地，那时苔藓类地被植物在地球上迅速蔓延，成为地球首个稳定的氧气来源，令智能生命得以蓬勃发展。没有这毫不起眼的苔藓，就不会有我们所有人的今天。

有一年，我到万龙山去亲近山林之美，去爬山、入林，像一个山里的孩子一样行走于大山之中。

从龙山村起步，朝着山谷里走。山幽处，草木浓密。转过拐角，乱石野径的一侧，突然冒出大丛郁郁葱葱的细密植物，让人怦然心动。那带着露水的绿，那带着劲道的柔，不止往人的眼里来，更往一个喜爱自然生态的人心里钻。

正在寒露时节，山谷里石头堆垒的堤岸在依旧茂盛的植被遮蔽下保持着阴凉和湿润。看上去，这丛细密的植物有点类似苔藓，但又比我日常所见的苔藓高大，形状也大为不同。

当地的山民告诉我，这种植物叫作青衣。

同行的朋友告诉我，这种植物实际就是苔藓。

最好在清晨，或者最少是阴凉山谷里的上午时光，亲近一簇青衣，带着晶莹水珠的透亮和欢喜，让心粗心硬的人们都不自觉放轻脚步。那一刻，你会想要将它们拥入怀中，拥入植物谱系最安静不被打扰的位置。

对于植物，可能每个人都有完全不同的喜好之处。但那种娇嫩的、葱郁的、细密的植物，最可能因为其纤弱而让更多的人怜爱。

苔藓似乎就是这么一种植物。有一段时间，我迷上了苔藓的柔婉之美。它们不声不响，可能趁你不注意，就在屋后湿润的墙角绿了一大块。待到夏末阳光太过强烈，这一片绿又在干燥的墙角枯成黄褐。但你不要放弃也不要失望，秋天的末尾，斜飘的雨水渐多，一个清早醒来推开窗，远远望去墙角又是葱郁的绿了。

我所见过的苔藓都是软绵绵的，如果是在山里的干净之处，赤脚踩上去，那柔软但不肥腻的抚摩，这种触感仿佛这世间已找不到其他软绵的生物来与之对比。我们看到的青苔，多数时候都是怀抱着水淋淋的浅土。若是苔藓的数量多一些、面积大一些，就形成了一片苔原了。水经过苔原，经过苔藓的怀抱一次次抚摩过滤，变得更加清澈、干净、冰凉了。

细密绵延的苔藓群，让一股水流经过它便慢下来，歇一歇，喘口气，与各种杂草一道，让雨水以更加洁净之身奔赴河流与江海。

没有谁可以具体告诉我们苔藓家族在这个世界上传承了多少年，甚至没有谁可以确切告诉我们青衣家族究竟有多少个成员——这种常年生长在湿地、墙上、井里、屋瓦及水中的翠绿色苔藓，据说种类多达两三万种。

大多数植物都有开花的热烈年华，可是青衣不，苔藓不开花，也不结果。仿佛从生至死，都只为安静地活着，妆点这世界的一个角落。它们始终远离炽热的阳光，远离火热的一切，与多数喜欢直面太阳光的植物相比，苔藓属于阳光背面的植物。

但毫不张扬的苔藓也有恣意之处。只要环境合适，一点点干净的清水，它们便恣意地生长、繁茂，便恣意地美丽、蓬勃。陆地上阴湿处的苔藓，似乎并不完全挑着季节来成长。我在春季看过它们，夏秋冬三个季节似乎也并不消失。它们疏离了庞大的历史年轮，自然也疏离了微小的四季交替，它们本身就是岁月感的体现。有了青苔的石头、墙垣、树木、院落，似乎便经过了经年累月的"沉睡"，经历了风吹雨打的"打磨"，像一帧旧照片里独自诗意和沧桑着的美好。而苔藓不附的石板是光鲜但浅淡的，没有了年岁感，仿佛酒吧里热闹的流行歌曲，举手投足间都比书斋里安静的线装旧书要鄙陋了许多。

其实不止陆地，水里也有数量众多的苔藓。民谚说，"三月青苔露绿头，四月青苔绿满江"。说的就是水里的青苔。

与陆生青苔相比，水里的青苔就更属于阳光背面的植物了——但它们并不是不需要阳光，恰好相反，透过水体的阳光让水下的苔藓长得更加繁茂。

隔着清凌凌的水体，湿地底部的苔藓有的浓密有的稀疏，长着各种各样不同的模样。稻田里有一种名叫牛毛毡的苔藓，让除草的农民不胜其烦；河沟里有不同种类聚集的苔藓，成为鱼虾的最佳藏身之所。

小时候，如果遇上坝上开闸放水，家门口的河道里就只有浅浅一层清水了。我们抓住时机跑下河，常常是几个人围在一小块长满青苔的水域，一只小脚并着另一只小脚，一寸一寸挪动着踩过去。那种青苔绿绿的，毛茸茸的感觉踩上去很是舒服。不但孩子们喜欢这种感觉，连鱼虾也恋上了它们，习惯藏进青苔下安享这个夏日的午后时光。就像地上的小孩子不安分一样，水里也有一些鱼虾不安分，绕在长满青苔的水域一圈又一圈地游动。被我们在水里一搅和，受惊吓的鱼虾迅速钻进青苔里面藏身，然后又被几只小脚丫一寸一寸地压迫。突然的，脚板下感觉到一种凸起，或者是一下挣扎，伸手下去，撕开青苔，这尾小鱼就被从苔藓中残忍地抠了出来。

苔藓只是水中众多植物的一类。更多的水草随着水波招摇，让夏天的河流凭空多处了几分清凌柔美之感。有一种被村民们称为"丝草"的水草最让人喜欢，它纤柔的枝叶特别惹人怜爱。除了水草，河边的树木有时用力过猛，扎下的根系穿透了泥土，延展到了水里。于是，这种树木的毛细根成丛成簇，仿佛也成了水里冒出来的雪白的水草。这些水草和树根看上去细、密、柔、嫩，很适宜水生物依附和躲藏。

河虾螃蟹以及各种各样的螺蛳呀、水虫呀，都喜欢在其中栖息。小时候我们下河捞虾，将捞网顺着水底篦过去，将一丛水草或树根网入了捞网中，伸手抓住它们在水底抖动几下，河虾们便纷纷落入了捞网之中。小心地将捞网提出水面，捞网底部便聚集了一小撮大小不一的河虾了。捞虾时捞网不能太过贴近河底兜过去，否则捞起来的可不仅仅是河虾了，还有大量的泥沙、青苔、螺蛳以及水蚤等各种水生爬虫之类，要从这些杂物之中将河虾挑拣出来，可就要费上一番功夫了。尤其是那种软软的青苔，将河虾包裹在其中，基本上没法剔出来。

既然下了河，抓螃蟹也是一个乐趣。河里有一些草洲，是河流冲击泥沙堆积而成，又被河道隔离开来。有的连着岸边，有的干脆就是在河流中间一个孤洲。沙洲上的杂草长得太快，覆盖住了整个沙洲，我们村子里养水牛的人家很少，沙洲上的草没有水牛涉水而过去啃食，自然越长越多，渐渐沙洲就成了茂盛的草洲了。草洲边缘的杂草也是属于喜水的湿地植物，它们伸长了枝叶，垂到水里，遮盖住了整个草洲边缘延伸到水里的坡地。杂草掩映下，沙坡上遍布着一连串的螃蟹洞穴，它们之间往往是相通的。李了他们伸手进去，一点一点地掏出泥沙，接下来，一只螃蟹就被抓到手里了。坡岸上的洞穴是如此之多，往往是仅仅走过几十米的水路，一个中午的时间就被孩子们消磨掉了。有的时候，我们甚至可以在同一个洞穴里面扒拉出来两只大螃蟹外加十多只小螃蟹。当然这种游戏有时候也并不那么顺利，甚至还有几次，我们将手伸进一个洞里，摸索了好久也没找拽出一只螃蟹，再往里面伸进去一点，结果却是从洞穴旁边的另一个出口窜出来一条长达一米的水蛇——在湿地生态里，充满了未知与惊喜，仿佛什么都有可能，仿佛什么生物都有可能存在。

凤眼蓝

河里的水草稀少了。小时候常见的招摇于水底的水草稀少了。

这个发现让关注湿地保护的朋友大为着急。

其时他正应我的邀约沿着本地最大的河流徒步考察。他告诉同行的考察队员们，水草稀少让水体自净功能大为减弱，一条河流或者说一处湿地自然生态功能强弱，很大程度上取决于水生植物的丰富程度。

我跟他开玩笑，那水葫芦较多生长也算是可以增强湿地的生态功能吗？

当然！水葫芦也可以吸收水里的污染物和有害金属元素的。当年人们将它引入到中国，就是为了观赏和治污。

现在我们将水葫芦作为入侵物种和需要清除的水生物，并不是因为它不具有湿地植物功能，而是因为它繁殖过多过密时，会影响水体含氧量和流速，而且植株死亡后容易腐烂而破坏水环境。

小时候我很是奇怪，这种明明可以作为猪草和鱼食的植物，为什么还可以在池塘里长得那么繁茂——进食凶猛的大草鱼不会吞食它们吗？

　　后来我看到它开出漂亮的蓝色花朵，便捞了两棵幼苗养在广口玻璃瓶里。一个多月后，我明白它们的生存之道了。它们太能繁殖了，只要有一些植株残枝，就能变戏法般长出一棵新的水葫芦来。

　　当然，这种学名凤眼蓝的水生植物，并不是湿地植物中的突出者，它只是数以千百计的水草中的一种。

　　在不怎么严谨的表述里面，我们或许可以将凤眼蓝列为浮萍的一种——我所在的城市，1750多年没有改过名姓的"萍乡"，就与这漂在水面的浮萍有关。

　　古籍记载，当年楚昭王在现在的萍乡地界渡江时（这个故事再一次印证了这个城市所在地过去是一个水系丰富的大湿地）捞到一个又大又圆的红色果实，请教孔子后得知这个果实名叫萍实。《东周列国志》对这个故事稍加了演绎："孔子曰：'萍者，浮泛不根之物，乃结而成实，虽千百年不易得也。此乃散而复聚，衰而复兴之兆，可为楚王贺矣。'"这是说，孔子认为水生植物浮萍没有直接扎入泥土的根，却竟然能够结成这么大的果实，千百年来都难得一见。这是失散之后重聚、衰落之后复兴的征兆。能够得到这个萍实，可见楚国中兴有望，值得为楚昭王贺喜。后来，昭王果然带领楚国实现了复兴。正是因为这个原因，人们将萍实触舟的地方称为萍乡，即萍实之乡。

后来，人们也以"萍实"比喻甘美的水果。晋代左思就有"红葩掇紫蒂，萍实骤抵掷"的诗句。

至于萍乡河道里漂浮的那个"大如斗"的萍实，究竟是哪一种浮萍结出来的，古籍里面没有告诉我们。不过，想来1901年才被引入中国定居的外来户凤眼蓝当然是不可能的。

而其他的萍草类湿地植物，数量又实在太多——我们常见的是细碎的藻类，它们也不可能结出萍实。在这繁星般密集的萍草植物名中找出没有具体名姓的一种，恐怕暂时是不可能了。

浮萍是属于有根而不扎根的。在泥地里扎根的湿地植物更多。它们有的需要完全水生，有的只能适应半水环境，还有的只是喜欢潮湿的土壤；它们有的是细弱的水藻和纤柔的针叶，有的是粗大的草木或矮小的灌木，还有的是高大的乔木。这些不同品性、不同外观的植物共生于湿地，和睦相处，都被博大的湿地温柔地接纳为自己的孩子。

"白露带蒹葭，月光翻在水。""千顷蒹葭十里洲，溪居宜月更宜秋。黄橙红柿紫菱角，不羡人间万户侯。"这里的蒹葭，被现代人称为芦苇，也是湿地植物中最常见的一种。至于相对更珍贵一点的，有水韭、莼草、水杉、长喙毛茛泽泻。名字更好听一点的，有再力花、菖蒲、香蒲……它们都依水而生，又服务于湿地的种种生态功能发挥。

古人说，春江水暖鸭先知。

实际上，由于湿地生态的特殊功能，水好水坏草先知。

与凤眼蓝一样，湿地中的众多草木都是既澄净水质、舒缓水流，同时又为其他生物营造了栖息的胜境。

澄净水质和舒缓水流的功能很容易理解。沼泽湿地中有相当一部分的水生植物都能有效地吸收水中的有毒物质，尤其是富集有害的重金属。这些可以被分别归类为挺水性、浮水性和沉水性的各种植物，清除毒物的能力让人吃惊。它们可以分解、净化环境物，起到"排毒""解毒"的功能。汇聚于湿地的多种生命，用微小但数量庞大的身躯，在广阔的大地上构建出了一个消解废弃物的链条。如此一来，沼泽湿地就像天然的过滤器，在减缓水流的速度、沉淀水中杂质的同时，潜移默化地完成了净化水质的工作。

资料说，近年来，水葫芦、香蒲和芦苇等都已经被广泛地用来处理污水，用来吸收污水中浓度很高的重金属镉、铜、锌以及氮、磷、钾等营养元素。面对工业污染不断加剧的情况，已经有越来越多的人提出要更多地建设人工湿地，利用生物置换降解排毒，既产生生态景观效益，更是维系人类的生存。

为其他生物营造栖息的胜境，则是湿地生态的互助与利他功能的集中体现了。除了湿地，我们很难想象还有什么其他环境能够同时容纳或者说养育着那么多的生物。林业志上面说，我所生活的城市河流、库塘、水稻田构成了分布广泛的完整湿地生态布局，加上丘陵山地，共同为野生动物提供了良好的觅食场所和栖息地。

湿地复杂多样的植物群落，为野生动物尤其是一些珍稀或濒危野生动物提供了良好的栖息地，是鸟类、两栖类动物的繁殖、栖息、迁徙、越冬的场所。这块土地上栖息的野生动物超过 270 种，其中仅鸟类就达 170 多种。

这些鸟雀中很多都是依托湿地生态进行迁徙和繁殖。水草丛生的沼泽环境，为各种鸟类提供了丰富的食物来源和营巢、避敌的良好条件。尤其是各种水禽和候鸟，每年春夏之际，在湿地停留、漫步、跳跃、翱翔，呈现出一派热闹非凡、天地和谐的景象，构成了独具特色的湿地景观，也形成了一个完整和谐的生态系统，具有和谐、动静皆宜的生态美。

在 2019 年的那次湿地考察活动中，我们实地感受、亲眼目睹了白鹭、池鹭、小鸊鷉、白鹡鸰等湿地水鸟，棘胸蛙、中华蟾蜍、沼水蛙等两栖蛙类，鲤、鲫、鳊、鳝等鱼类，虾、蚌、螺类等动物屡见不鲜，构成了一条较为完整的生态链。而沿河两岸茂密的山林，物种丰富的生态湿地，又为各种陆栖动物栖息的重要基础和保障。

我们看到的只是极少数，更多的湿地生物活跃于晚上。

野生动物生态学认为，野生动物生存的三大生态因子是：

食物、水、隐蔽条件（主要是夜间栖宿地的条件），这就像人类活动的最低生活保障一样，三大因子齐全，并且达到一定质量，野生动物才能生存。湿地的特殊环境为它们的食物、水、夜间栖宿提供了齐备的准备。

在夜晚，在我们看不到的时候，湿地生态系统更多的消费者与分解者都在频繁地活动着。哺乳类、两栖类和爬行类以及各种水生动物及底栖无脊椎动物等有时会啃食湿地植物，有时会猎食湿地中的其他生物。而湿地微生物们则将剩下的残渣、有机物质悄无声息地处理掉。

湿地的功能里面，保护生物多样性是重要的一个方面。我想，活跃于湿地中的众多大小生物，已经证明了这一点。甚至，凤眼蓝密集后被人诟病的"滋生蚊蝇、为蚊子的幼虫提供了呼吸和繁殖场所"这一危害，恰恰也证明了这一点。

在湿地深处沉睡的事物

今天，我想说一说乌木。

乌木不是乌木。不是作为树木种类品名的非洲乌木或东非黑黄檀。

乌木不是纯黑色的木头，也不是黑色的煤。

但事实上，煤炭是不是也应该算是另一种形式的、炭化过度的乌木呢？

在这本书的前面部分，我们似乎说到过，将时间的指针往前大量回拨，远古的萍乡是一个沼泽河沟密布的典型湿地。

典型湿地里当然长着典型的湿地植物。

书上说，白垩纪时期的萍乡地区，到处长满远在古生代志留纪就大量出现的蕨类植物，它们葱葱茏茏，无比高大又无比繁茂。大地上到处都是裸子植物，高大得可以直插云霄；而被子植物也已经开始大量出现了。这植物的王国叶凋花落，层层铺叠，春盛秋衰，岁岁更迭，千百万年来植物的枝叶和根茎，在地面上堆积而成一层极厚的黑色腐殖质。这些古代植物的遗体堆积在浅水的湿地里，由于地壳的变动不断地被埋入地下，长期与空气隔绝，并在高温高压下，经过一系列复杂的物理化学变化，形成黑色可燃沉积岩，这就是煤炭的形成过程。

一座煤矿的煤层厚薄与该地区的地壳下降速度及植物遗骸堆积得多少有关。地壳下降的速度快，植物遗骸堆积得厚，这座煤矿的煤层就厚；反之，地壳下降的速度缓慢，植物遗骸堆积得薄，这座煤矿的煤层就薄。又由于地壳的构造运动使原来水平的煤层发生褶皱和断裂，有一些煤层埋到地下更深的地方，有的又被排挤到地表，甚至露出地面，比较容易被人们发现。

如果我们在显微镜下观察一块煤炭，可以发现煤中有植物细胞组成的孢子、花粉等，在煤层中还可以发现植物化石。如果把煤切成薄片放到显微镜下观察，就能发现非常清楚的植物组织和构造，而且有时在煤层里还保存着像树干一类的东西，有的煤层里甚至还包裹着完整的昆虫化石。

亿万年来，萍乡沧海桑田，历经多次陆地上升和地理沉陷，最终在1亿年前形成今天的地形地貌。在这个地壳上升下陷和气候的温湿冷暖交替过程中，地底埋藏了大量的植物，渐渐形成了一处又一处煤炭层和其他矿物层——5亿年前，"加里东构造运动"将汪洋中的萍乡抬升为陆地，汪洋泥沼经过数千万年风化剥蚀形成厚实的瓷土层；3.5亿年前，萍乡所在地又大部分重新沉陷为海湾，各类海洋生物的残骸日积月累，演化出了大面积的石灰岩和伴生的铁矿等各类金属矿藏；3亿年前，再次抬升浮出海面的地壳，滋养着异常繁茂的蕨类植物，倒伏后被埋入泥土逐渐变为煤炭，形成了第一个煤层；2.5亿年前，萍乡所在地域被茂盛的裸子植物重重覆盖，千万年生生不息，倒伏的植物不断被埋入泥土积淀起来成为煤炭，又形成了第二个煤层。

有一次我不小心将煤矿说成是远古植物的巨大集体坟墓，说出之后我马上又捂住了自己的嘴巴。

很多年后，当我在上栗看到一块巨大乌木的挖掘现场，忍不住又说出了类似的话语。

我总怀疑上栗曾经有过比其他地方更巨大的地壳变迁和更多的森林。在这里，挖出乌木的消息一再出现。2014年4月，人们在上栗县鸡冠乡横下村的栗水河挖出两段乌木木料；2018年11月，人们在上栗县赤山镇赤山村的芦水河发现一段乌木……

2019年的10月，又有朋友告诉我，有人在上栗县桐木镇清理河道时意外挖出了一根重达10吨的古木。

将它从重重覆压的泥土中挖掘出来费了不少功夫。它慵懒地斜躺着自己13米长、胸围4米的庞大身躯，任性地横在河道下面3米深的泥土中。

我相信，如果不是在时光的变迁中反复冲刷抬升，此前的它一定将自己埋得更深、更认真。

但现在它被人们挖了出来，乌黑的色泽和表面顺滑的纹路都没有遮挡地坦露在阳光下面。

就像一个密封严实、防护严谨的古墓，终于挡不住山崩地裂的天地伟力，无奈地被人们打开。长久不见空气的一切都被空气包裹。

事实上乌木的产生和面市，都与这种山崩地裂的天地伟力或者潜移默化的斗转星移有直接关系。

想想看，3000 年前，或更早，一大片或一小片树林在水边生长。它们拼命地汲取水分和营养，终于长成了一处郁郁森森的大树群。

突然有一天，一场地震，或者势不可挡的洪水与泥石流，将周边的一切都彻底摧毁。地面上的草木、动物全部被瞬间埋入地底。待到天地重归平静，低洼处重新成为了湿地或河床。水流形成了某种天然的隔离层，埋入淤泥中的大部分生物很快死亡、腐烂，与泥土融为一体。但也有很小的一部分树木，在淤泥底下遭遇缺氧和泥土覆压挤迫带来的高压，周边的各种细菌等微生物也在蠢蠢欲动但又无力彻底将它侵蚀。机缘巧合，各方力量形成了一种平衡，树木没有腐烂，而是开始慢慢地炭化。经长达成千上万年后，又一次因为河流改道、基建开挖、洪水冲刷……等原因，炭化后树木回到地表浅层或重见天日。

此时的木头可能还保留着树干的外形，但质感却近似石头了。脱胎换骨后它不再被称为原先的名字，不再被称为青冈、楠木……而是有了统一的名字，阴沉木，或者乌木，别具一种高雅的神韵。

乌木外观并不起眼，但重量特别沉，质地特别坚硬。本地曾有人用柴刀砍木头，结果刀缺口了。他砍的是从河流深处挖起来的乌木。

专业的人士告诉我，形成乌木的湿地，过去一般都会是有一大片大树，在遭遇天翻地覆被掩埋后，只有极少数能够留下来成为乌木。而我总是幻想着在几千年前赣西地区的某一处湿地边，一棵孤独的楠木笔直挺立，经风、经雨、经雷电的淬炼，它越长越高、越长越大。它卓然的身姿成了远近的一道风景，它年近千岁的阅历成了岁月的一种见证。

然后有一天，这古老而高大的楠木终于累了，只是洪水的几次冲刷，它便轰然倒塌到了湿地的淤泥深处，并沉睡其中。一层一层的泥土像给它盖上一层被子又盖一层。亘永的黑暗和窒息包围着它的安详。待到几千年一梦的一觉醒来，便有了黑亮的肉身，被从沉睡的领地或葬身的墓地中挖掘而出，成为我在 2019 年看到的这根巨大乌木。

这种想象常常让我无法自拔，仿佛真有那么一株巨大的古老楠木就在我眼前，挺立于湿地边，风吹着它的叶子，鸟栖在它的枝丫。

也有可能，这想象中的一次天翻地覆发生在更遥远的时候。那时我们生活的地球还年轻，被称为侏罗纪、白垩纪时期，那些参天的原始森林扎根于水系丰盈的大湿地。然后突然有一天，造山运动、地壳移位，岩崩、泥石流、浪涌、潮退、洪水冲刷、火山喷发，大片树木参天的森林整个被大量炽热的气体和火山热液包裹，被铺天盖地的火山灰和沙石沉积物覆盖。瞬间缺氧的封闭埋藏环境让死去的树木在低温中保持着自己的形状。与它一起被埋藏于地下的，还有富含二氧化碳的地下水和大量的化学物质、硅酸溶液，同样还有极高的重压。慢慢地，化学溶液挤压进了树木体内，并发生神奇的反应，终于有一天，树木的木质有机纤维消失了，它成了保持树木生前形状的化石。这种硅化了的古木，人们称它为木化石、木化玉、硅化木。这种变化，真是神奇的变化。这种变化，不能不让人忍不住想要写下半首诗歌：

　　不许你误解我

　　有年轮的石头不是老唱片

　　所有纹理都聋，哑，保持沉睡

　　只有肚脐上的虫洞依旧鲜活

　　仿佛有什么即将探出半个身子

　　人来人往的山谷间谁也不认识谁

那一刻空心的古木突然后悔

脆弱的肉身自有其来路与归处

何必挣扎着朝石和玉的姿容跳龙门

以至于看今天这山间的冷雨绵延

——《硅化木》

　　前几年，在赣西武功山区的杂溪村，人们发现了一大片如同树木剥皮般层层剥蚀脱落的圆柱形石块群。石头群分布在杂溪小河边，很多显出自然断裂的痕迹，所以有的酷似树头，有的如同整段树干，有的保持树枝形状。这些纹理细密，断面木质纹、枝桠、树结等清晰可辨的淡灰色植物化石成群成带分布，长达数公里，最大者长约 5 米，宽达 2 米。知情的朋友告诉我，这实际上就是硅化木，只是，它们发育得不够完美，硅化程度不够彻底而已。这些硅化不够完美的树化石，不断被自然风化，有的石上被藤蔓缠绕，有的被村民搬去砌作菜园的石篱笆。

　　同样是被掩埋的森林草木，有的腐烂成泥，有的成为煤炭，有的变成乌木，有的升华成化石。这中间，太多微妙的细节，一处细节的变化失衡，便可能导致千万年后完全不同的结局。

　　直到海枯石烂，气候逐渐演变，再一次经过千万年的风雨剥蚀后，在湿地深处沉睡的草木终于逐渐露出地表，人们给它们重新命名：煤层、乌木、硅化木。这脱胎换骨森林是否还记得当年一同在湿地边扎根、开花、吹风、淋雨的其他树木，是否还认得出彼此如今的模样？

就像那首诗中所说的：

　　　　流水凝固成玉

　　　　而草木啜饮着时间成珍珠

　　　　为着有一天你终来相看

　　　　沙砾坚持为沙砾，总都不变样

　　　　只等修行世界里闭关万年的男子

　　　　一路寻来，捡拾三万年前失散的伴。

现在，从湿地深处沉睡中醒来的事物，彼此捡拾起了湿地代为收藏的梦，彼此遇到了此前失散的伴。

归　还

　　早些年，我还生活在赣西山区一个名叫龙背岭的小村落。门前一条福田河，一路缓缓地流着。整个村子除了龙背岭这个丘陵，其他基本都是水田。

　　从这个意义上讲，我或许可以自称生活在湿地之中，我也是湿地生物的一种。

　　作为湿地生物的一种，我可以切身感知到湿地是人与自然和谐共存的家园。

　　这家园里最多的朋友，是鸟雀。在我龙背岭的家，处处可见鸟雀们的身影。站在门前的平地上，猛不丁一只黄雀或别的什么鸟类就会以一种优美的姿势直接砸到你的脚下，然后又嗖的一声弹起，窜到前面的树上。鸟雀们起飞和降落的姿势有很多种，我印象最深的还是这种自由落体式的，干脆，利落，充满生气。每天早上和傍晚照例是鸟雀们歌唱的黄金时段，各色鸣叫听来特别悦耳，让早起的乡民有了不花钱的音乐会。当然，白天的声音也少不到哪里去，春夏两季，只要走进屋前屋后的林子和稻田中，发情的鸟雀们准会将你的耳朵灌个饱。而且由于乡下显得相对比较安静，鸟雀的合唱总是此起彼伏，从一片树林，接力到另一片草地，让劳作中的你享受一场听觉的盛宴。当然，这种与鸟为邻的日子也不仅仅是享受鸟雀们啼鸣带来的愉悦，也得享受它们聒噪中的烦躁。我记得我家屋后的树林里还有一窝猫头鹰。每天晚上发出怪异的叫声，听来叫人挺难受的。但是这一家子白天则不怎么可怕了。栖在矮树上，呆呆地垂着脑袋，就算你走近也不飞走。

这是奇怪的事情，鸟雀在山中，在林深处，在树梢。但同时鸟雀也在水边，在沼泽浅处，在湿地。从这个角度来讲，山与水，这本身似有差异的两者，山林与湿地，同样归属于林业部门管辖，是有道理的。

这种在鸟雀的包围中生活的幸福一直到我离开自己的乡村去读大学的时候才中断。待到我读完大学回家时，更多的鸟雀、更大的幸福扑面而来。

成群的白鹭来到我居住的房子周围。溪流边的草丛间、山坡下的树冠上、池塘里的浅水处，以及田埂和塘堤上，到处都是白鹭的身影。它们自顾自在那里觅食、行走、晾晒翅膀，甚至自在或自大到了不顾路人近距离惊扰的程度。

有时候吃过饭没事，我便沿着田埂与塘堤去数白鹭。最多的时候，我数到了1600多只，再往后，我就分不清有没有重复了。

我所见到的白鹭都是纤瘦的，从来没有见过一只肥胖的白鹭。那修长的身躯、细长的脖颈和腿脚，洁白亮滑的羽毛，在早晚斜照过来的阳光下映出美丽的光泽，天生丽质的曼妙感，让它们犹如不可亵玩的女子。经常见到各类摄影家镜头下，那种梳理羽毛的白鹭，姿态优美、毛色纯正、光影协调，几乎是美得惊心动魄。而我看到的白鹭出入于撂荒的稻田杂草间、翩然于龙背岭的天空下，仿佛是一个经过训练的舞蹈者，无论是飞翔还是起落，无论是立足于树上还是觅食于沼泽，无论是曲颈求偶还是俯身育雏，动作都带着天然的美感，仿佛一朵飘在风中的云，仿佛举手投足都是自然约定本该如此。唐代的诗句里说，西塞山前白鹭飞，桃花流水鳜鱼肥。有着流水的西塞山前也是湿地地貌吧，这飘逸于湿地身影，与后半句中诗人所赞赏的美好事物排在一起，自然在诗人眼中也是美丽的。

暮春时间，龙背岭的黄牛被套上了犁铧，将荒芜了几个月的稻田翻耕起来。而大群的白鹭几乎是与牛一起出现的。它们跟在犁耙后面，不停地低头在新翻开的泥土里啄食各种虫子和草籽，有时候甚至直接停到了牛背上歇脚，在农耕图里那么和谐、那么自然。这些年，耕田的黄牛被换成了耕地机之后，白鹭依旧喜欢新翻耕稻田里的食物，等耕地机耕完某一块田地之后，马上落到田里觅食。

白居易说：水浅鱼稀白鹭饥，劳心瞪目待鱼时。他对捕食不易的白鹭充满了怜惜的情绪。其实在龙背岭所在的村子，鱼池密布、田野广阔，白鹭的捕食似乎并不怎么"劳心瞪目"。我随便打开窗户，便可以看见三五只白鹭在田埂上无所事事地走动着。

与密布的池塘伴生的，是河堤与池塘边上的依依垂柳，以及在柳树上静立如石然后动如飞矢的翠鸟。读小学的时候，我常在上下学途中遇见一只翠鸟扎入水中，转瞬叼着一条扭动身子挣扎着的小鱼飞回树梢。除了翠鸟，水中还常见各种羽毛鲜艳的不知名水鸟和灰色的野鸭子。

研究湿地生物的朋友说，以白鹭为代表的很多鸟类与人类的关系很是矛盾。一方面，野生的白鹭显然是害怕人类的，但另外一方面，白鹭又期待着亲近人类。为了避免猛禽猛兽的捕猎，白鹭又更愿意在有人类活动的区域生活栖息。与另外一种亲近人类的鸟雀燕子相似，白鹭们也有恋着旧巢的习性。只要食物来源和生存环境没有太大改变，它们在同一个村子、同一棵树木、同一片草地中固定一个每年聚集繁殖的地方。年复一年，白鹭的栖居地聚集的白鹭越来越多。

除了白鹭之外，在日常的乡居生活里，我观察到，很多过去少见的东西，最近几年又回来了。例如，某种名叫鸡屎藤的草药，在被我的邻居们过度采摘消失多年后，我竟然前年又在原地看到了它，缠在杂草中长得正繁茂。或许，是当年留在地下的根茎在经过几年的休养生息后，再次钻出了地面，也或许，是种子在杂草中隐居了几年后，终于浮出水面。

当然同样的，还有麻雀。其实，除了麻雀，乡村里其他很多野生的动植物都是如此。由于人类劳作现在对湿地的影响变得相对更小，越来越多的湿地和湿地生态重现，现在各种各样曾经一度匿形的生物都多了起来。

自然界的万物其实并不需要我们刻意去保护，或许，只要我们将本来属于它们的草丛、荒野、无人打扰的沼泽和树林还给它们，就够了。自然会安排好一切，这些动植物，例如白鹭，只要有了合适的自然生态，会自己筑巢、求偶、繁育后代，以一个惊人的速度扩大种群。甚至，我惊奇地发现很多白鹭竟然在冬天里也不离开，好多次我都看见几只白鹭在十二月的阳光下懒懒地在鸟巢里晒着太阳。作为一个生物学的绝对门外汉，我借助网络资料，也无法准确地回答白鹭是候鸟、半候鸟还是留鸟的问题了。

最近几年，一些地方很喜欢用鱼类重现河流、鸟雀重回村庄之类的镜头来证明生态环境的好转。据说白鹭被称为"大气和水质状况的监测鸟"，享有"环保鸟"的美誉，因此白鹭的聚居更是被一些部门作为政绩般的存在。

其实，现在的我们，不过是将撂荒的土地交回给了自然，荒芜的土地在水的润泽下回归湿地的性质，而湿地又召唤回了自己的子民罢了。或者，鸟雀鱼类草木植物都有着强韧的生命力，它们蛰伏多年，现在重新钻出泥土。谁知道呢，古莲子还能在地下休眠上千年然后重新发芽呢，过去那些储藏在泥土里的种子，未必就不能在感知土地重新被交还给非经济的、非观赏的作物后，混杂在其他杂草中长了出来。

并且，既然人都学会了适应环境，其他珍稀的草木、曾暂时败退的野生动物，自然也有可能会增加对坏环境变化的抵抗力。谁知道呢，为了生存和繁衍，生命的适应力和改变力是很值得让人吃惊的。

十六年前，我曾信笔写下一段题为《让荒野更荒》的文字：

> 让荒野更荒
> 让枯草或青草蔓延
> 让故事更加凄迷
> 让丛生的野物找到家园
>
> 这个过程可以表述为：
> 杂草一度在水泥之前低下头颅
> 之后又迅速在水泥之外的
> 另一个地方疯长
>
> 让荒野更荒

更重要的是
要把本来属于荒野的地盘
还给它们

今天，我们让荒野更荒，正是将属于鸟雀和其他各种野生动物的荒芜交还给它们。

收到我们归还的森林与湿地，收到我们归还的家园之后，野生野长的禽鸟、兽类、昆虫、草木，以及活在水里的各种生物，都将回归，在盛大的人间起舞，并邀约人类共舞。

家园

　　野生生物收到了人类归还给它们的生存家园。人类也在不断建设和改善自己的生存家园。

　　这共同的家园里，人与自然正在努力实现真正的生态共生、和谐共处。

　　人工湿地的建设，是这种努力的具体表现。

　　绿色家园，是人类共同的梦想；生态之城，是人类不懈的追求。都说森林是人类文明的摇篮、草木是人类生活的伴侣，而对于曾经逐水而居的人们来说，河流就是对家园最好的滋养。

　　溯着河流，人们没有忘记，为一条河流的源头增加更多细微的源头，在日渐葱茏葳蕤的草木间涵养水源。人们没有忘记，给一条河流增加水草丰美的河湾湿地。在我生活的这座城市，从河流的源头出发，萍水湖湿地、陈家湾湿地、双月湾湿地，一路都在想办法让河流歇一歇喘口气，将湿地还给河湾，将水草还给水鸟，将一条河流与它的源头紧紧系在一起。

我相信，这一切，已经准确地遥遥指向了一条河流重新变美变丰腴的源头。这一刻，我看见一条河里的亿万个源头张开小嘴在呼吸吐纳。他们蓄足了力气，准备在河流的源头为它的十万里征程壮大声势，谋划一个波光潋滟清凌凌的梦想。

2019年，在沿着萍水河畔行走考察前，我们做了一些准备工作。其中最重要的一项，就是搜集萍水河的卫星地图。

因为地图有些滞后，考察队员们决定借助无人机进行实地拍摄并制作最新的萍水河全景VR。将两种地图重叠，比对之后，大家惊奇地发现，卫星地图上很多杂草丛生或者泥土裸露的荒滩在我们最新的航拍地图上找不到了。取而代之的，是一个又一个花园般的湿地公园。

活动第五天，我们从赤山镇沿着萍水河行进到了萍水河进城的地方。十年前的卫星图上，狭长的河道两岸荒草密布，坍塌的河岸犬牙交错般绵延，分不清哪里是河道、哪里是农田。在田中附近，裸露的泥土堆积，形成大片的荒滩。但现在呈现在无人机航拍图里的是什么呢？整齐的河道坡岸、招摇的绿色水草，一列高铁横跨萍水河飞驰而过。画面前移，一大片波光潋滟的浩荡湖面出现在镜头里。

萍水河在这里拐了一个弯，经过一段人工河道绕进了巨大的洼地，仿佛在蜿蜒的藤蔓上结出了一个巨大的果实。萍水河在这里不再被束缚于河道，而是蓄积、膨大为一座人工湖。内部水体面积约77万平方米的萍水湖湿地公园因此形成。

萍水湖湿地公园融汇了萍水河主流和福田河支流的水源，在保持原有的"S"形流域的河道上进行加宽扩展，在河的上游还建了蓄水和泄水的水闸，发挥着提高主城区防洪能力、改善城市生态环境、提升城市文化品位的重要作用。

沿着环湖路前行，目光所及之处，水面开阔，气势浩荡。蓝天白云下，不少悠闲的垂钓者安坐在微风拂面的湖边绿地旁享受钓鱼之乐。葱郁的树木、雅致的亭台、供野生动物栖息的生态小岛、长达6公里的环湖绿道，构成一幅江南水乡的画卷。

惊喜不止于此。经过大湖的沉淀净化后，从萍水湖出水坝倾泻而下的河水显得清澈喜人，在下游河道泛着粼粼波光。清可见底的河道里水草悠悠招摇，让摄影者不停按下快门。

沿着萍水河继续向前，在五陂镇长潭村，无人机传回的图片再次与卫星图形成了鲜明的对比。附近的村民带着骄傲告诉我们，近年来，依托丰富的森林资源和湿地资源，政府沿着萍水河的支流南坑河打造了十里花溪湿地公园。在沿河生态景观廊道两岸，小桥流水、凉亭楼阁、花红柳绿，沿途串联起农田、山林、河流，湿地公园内回环的池沼、水面，显得独具江南韵味、水乡特色，也将湿地对水流的调蓄功能和净化功能发挥到了极致。

在一个傍晚，我潜入湿地的边缘，细细辨认菖蒲、芦苇以及其他种种植物，顺便安排一块石头长出青苔，一处湿润的土地萌发蘑菇，这一刻，仿佛万事万物都已经被安排妥帖，仿佛河流湿地与草木，达成了最精准而天然的合作。

走过长潭村便是湘东的地界。麻山镇佳沙洲的地貌没有太大的变化，但新旧全景图却比对出了完全不同的韵味。卫星图上杂乱无章的草滩被航拍图上错落有致的景观草木替代，十多只白鹭点缀在画面上。随着我们的脚步，更美的画面、更大的花园呈现在了考察队伍的眼前。在麻山镇小桥村附近，依托萍水河生态修复工程，佳沙洲湿地、陈家湾湿地成为连成一片的大景观。修缮一新的善洲桥提供了图片对比的位置定位，让我们再次感受到了荒滩变花园、旧貌换新颜的震撼。

在这里，湿地生态理念与河长制实现了有机结合。萍水河河道在流域生态综合治理工程中变得宽广且保持自然生态。河里长满了水草，河面上有白鹭在觅食，河边有几位妇女在摸河螺，河道边生长着各类草木植物，河岸上木芙蓉花正在绽放，河水清丽透亮，稍远处，涵养水源的林木在一带青山中郁郁葱葱，一派山清水秀的景象让人震撼。

更遥远一些的地方，在山水俱佳的莲花县，莲江湿地公园秀出了美不胜收的风景。夹岸二十里，水杉与各色古树，加上各种生长迅速、绿意盎然的湿地草木，营造出原始森林般的感觉。

这种震撼并不仅限一地一景，越来越多的湿地、越来越多的湖库如同一颗颗生态明珠，串起在萍水河这根玉带之上。

而萍水河本身也就是一个狭长的湿地。继续往大里讲，整个萍乡就是一个大湿地。

又或者我们站到更高处，整个地球又何尝不就是一个浅滩密布的湿地呢？

穿行于青山与绿水，行走于湿地之中的时候，我再一次试图将森林与湿地、将森林与家园联系起来。我发现，若是将有着皲裂树皮的树木横放，在放大镜下一再放大，那树皮与树皮的纹路之间，定然就出现了天然的峡谷和深且宽的沟壑。将我们居住的大地缩小再缩小，或许也仅是另外一种树木的形态吧。而这种纹路与沟壑的边缘，就是湿地，就是我们的家园。

是的，我又一次使用了"家园"这个词语。对于中国人来说，家园意味着小桥流水人家，意味着炊烟与青山，意味着山、水、林、田、湖、草，以及人类的共生。

记住乡愁，首先记住的就是家乡的河流与树木。"门前一条小河，夹岸两行垂柳。"这是家园的记忆，也是湿地的记忆。

古时候的人们，保持着在河流两岸种植杨柳的传统。柳树也是一种典型的湿地植物，它扎根堤岸，可以稳固河岸、保护河流，也可以隐蔽水边的其他水生物。杨柳成阴，婀娜婆娑的枝条在水岸边形成一道美丽的风景，让旅途疲惫的人们在柳荫之下感受到浓郁的诗意和柔情。

"今宵酒醒何处，杨柳岸，晓风残月。"柳与"留"相联，送别的时候，古人既会折柳相送，也会在河边插上柳枝相送买舟而去的友人，寄托离别之情。这样的习俗从汉代一直延续到清代往后。我小的时候，看到村子里的河边，也全部是绿柳成排，定格成关于家的记忆画面。

走笔至此，又想起前些年自己在深圳的海边湿地的一次行走。在那里，我们看到了壮观的红树林和各种湿地树种，站在高处望去，那无边无涯的树冠如同绿色的波涛，让人顿觉自身的渺小。而更近一些的地方，各种招潮蟹、弹涂鱼以及其他水生动物如同电视镜头快放一般在滩涂上忙碌——它们都在自己的家园里觅食和行走，在自己的家园里劳作和休憩。

面朝大海，面朝湿地，面朝湿地上的种种植物和动物，一个人再提不起自己是地球的主人的傲慢，一个人终于意识到这个地球究竟属于谁。